董夏青青 著

在阿吾斯奇

作家出版社

图书在版编目（CIP）数据

在阿吾斯奇/董夏青青著. -- 北京：作家出版社，2022.11
（第八届鲁迅文学奖获奖者小说精选集）
ISBN 978-7-5212-2079-7

Ⅰ.①在… Ⅱ.①董… Ⅲ.①中篇小说-小说集-中国-当代 ②短篇小说-小说集-中国-当代 Ⅳ.①I247.7

中国版本图书馆CIP数据核字（2022）第198661号

在阿吾斯奇

作　　者：	董夏青青
责任编辑：	史佳丽　李亚梓
装帧设计：	琥珀视觉
出版发行：	作家出版社有限公司
社　　址：	北京农展馆南里10号　　邮　编：100125
电话传真：	86-10-65067186（发行中心及邮购部）
	86-10-65004079（总编室）
E-mail：	zuojia@zuojia.net.cn
http://	www.zuojiachubanshe.com
印　　刷：	唐山玺诚印务有限公司
成品尺寸：	152×230
字　　数：	134千
印　　张：	11
版　　次：	2022年11月第1版
印　　次：	2022年11月第1次印刷
ISBN	978-7-5212-2079-7
定　　价：	42.00元

作家版图书，版权所有，侵权必究。
作家版图书，印装错误可随时退换。

目 录

不羁的小马 / *1*

狍子 / *42*

在阿吾斯奇 / *83*

河流 / *102*

近况 / *124*

在晚云上 / *140*

垄堆与长夜 / *159*

不羁的小马

1

老家太冷了,父母叫我别冬天回去,但我偏不,我就要现在走。我必须,必须要找一个安全的、远离那边的地方待段时间。如果我这会儿不过去,过会儿我人就过去了。我裹着军大衣,系着大围脖儿,罗锅着腰背,坐在卡车上。脚边上有两个包,一个包里装着我的衣服、本子、笔和日常用品,另一包里是从超市里带的糖、茶叶和几件给老人的新衣服。系在毛衣外头军大衣里头的腰包里装着钱,我已经是长辈了,见了那些侄子外甥的都得给压岁钱。对于这一点,我非常恼火,他们从来没有给过我红包,为什么我要给他们?但回老家这事儿是我死活争取来的,掏钱装进红包的是父母,想来想去,横竖是我自己没道理,还是憋屈着得了。

风比刀子还狠,道路很不平,卡车很松垮,咔啦咔啦特别响。我说不清楚胃里是什么滋味儿,喉咙辣,嘴里发酸。

土扬起半截身儿来,快够着大树尖儿了。我双手捂着鼻子,憋很久才小心地喘一口气儿,但一吸一鼻子的灰味儿,还有灰沾在嘴里。我特想叫师傅掉转车头,再把我带回火车站。

这个村口太典型了,一看就知道是村口。有一棵又粗又壮的大树,树下有老人和小孩儿站着看我。往右看,是一大排房子,房子前头是树,过了这一大溜儿房子,就是田地,每家一块。绕着田地,还有好多间屋。在村口往左边儿走,是山和水库,山上有果园,沿着水库走,就是另一个村子了。

房子早都不是土屋了,修得特别好,砖瓦房,天井很宽敞,有水井,有猪圈,就是没厕所,老得去猪圈,我特别害怕,听说动物和小孩儿一样特别敏感,有识别人对它的态度是好是坏的超能力,我觉得我看猪的时候表情从来都不太亲近,所以我很怕一旦我们单独相处,它会对我不利。村口外头有家加油站,那儿有干净厕所,每天上午、下午,妗子都用单车驮着我去那边上厕所。

我觉得这个村子不算村子了,和城郊的小镇差不太多,那些房子,都盖得一个样儿,看着坚实,住着舒坦。

从前的家啊,早败了呢——

姥娘以前是大户人家的女儿,母亲按理也应该当闺房里的小姐,但母亲现在是成天在外头奔波的钢铁女超人。

家里那一大片房子被拆的时候,母亲才几岁。几个劳力花了几天时间才拆到地基,一个红卫兵从墙角那儿挖出来辆小马车,是一个小玩意儿,一辆马车,刻得很仔细,马鬃一根一根的很分明,马车上还坐着一个车夫,脸上五官清晰,表情生动,马夫驾着马车,威风凛凛,马头冲着屋外。

姥娘拿着这个小玩意儿,大叹一口气。修房子的时候,有个木匠找姥爷加工钱,他平日里吃住喝都是用我家的,又有些自由懒散,一旦不在旁边督工，他就不给好好干活儿，他提出加钱，姥爷一口回绝了，旁人劝姥爷，千万别和木匠过不去，姥爷不听，他不信邪。住进新屋一段时间之后，姥娘跟姥爷说家里的米缸老是少米，也没有老鼠也没有谁偷，就是眼看着往下一点一点少，姥爷说姥娘多疑，姥爷是知识人，姥娘最敬重姥爷，她不反驳。

一个夏夜，姥娘睡得很沉，朦胧地听到门口有马的嘶鸣，姥娘醒了，一骨碌翻身下床，推开门，门口停着一辆银色的马车。马很高大，肉块结实，毛色纯正，眼睛又大又亮。看见姥娘的时候，抬起前蹄，仰天长鸣了一声。那马身的胸脯肉太结实了，一块一块，硬邦邦的，像铜器。马落下前蹄的一刻接着掉转马头，拉着挂在身上的马车跑远了。银白色的马还有银白色的马车，把姥娘的眼睛晃花了，头顶上的月亮特别亮，照亮了好几里地，地里一片银灰色，一片死静。

姥娘站在门口，看着天一层一层地灰下去，很快，屋子又潜入了黑暗，往下沉，多大力气也拉不住，这片土地要把这座房子一口吃了。虫子开始窸窸窣窣地叫起来了，黑暗里埋伏着各种势力，管刮风的老虎、拉雨闸的兔子、开关月亮的驴子和老爱学小孩儿哭的猫头鹰。

妈妈拉着姥娘，也不哭，就是站着看人家拆屋，姥娘说，别光看了，去找贵富拿木头板子，然后找二大娘借泥坯，再盖一间屋。

这会儿，妈妈又站在了自家的门口，门板很松，贵富是专门偷棺材的，荒山野岭上埋了好多已经荒废的坟，贵富把那些坟掘开，把棺材掏出来，骨头扔掉，把棺材卸成一块一块的木头板子。姥爷在世的时候，每到过年，都会写两副大红对联给贵富，不收钱。贵富记好儿，这次姥娘找他要木板盖屋，他立即从屋后拉出一车木头板子，跟着姥娘去了盖屋的地方。那一车木板成了妈妈现在倚着的一排门板子。

姥爷幸好没有活到拆屋，但他却是亲眼看着书和字画被人烧了。烧书烧字画的时候，没有任何人大声叫骂来着，家里一共是来了四个小伙儿和一个姑娘，他们都客客气气的，说了几句请姥爷多包涵、多原谅之类的话，就进屋把书搬出来，女孩把书一捆捆地摆好，浇上油，点上火。姥爷也自始至终一句多余的话没说，只是不时伸手把几个孩子往回拉拉，说靠一边儿，别烫着。

院子里的火光比姥爷还高出好几个头，从中午一直烧到晚上。姥爷没有吃晚饭，他把自己关在书房里一晚上，第二天姥娘推开门，姥爷吊在房梁上，背对着屋门，正对着一排空书架。

姥娘这会儿想起来了，那个马车和那匹银色的高头大马，于是背着手对月亮说，家败了。

那个木匠呢？他在我家屋被推倒的那天之前，在田埂上被一群人追赶，有个小孩儿朝他扔过去一个铁铲子，铁铲子一下就把他的头切下来了，没有头的时候，他还在跑。掉下来的头滚到了身子右边的地里，眼珠瞪得特别大。

真的，母亲站在旁边看见的，她直哆嗦。

我晕头转向地在大姨家躺了一天，奶奶家那边不停地给我打电话，说怎么不过去住，我姓董，应该去董家住，接了三个以后，我实在懒得解释了，干脆关机，炕很热乎，我一下子就睡着了，屋外头的客厅里一直特别热闹，小孩儿们在抢我带来的糖，大呼小叫，呜里哇啦地鬼哭狼嚎，然后就听见我大姨在吼他们，不知拽住谁了，在那儿哼哧哼哧地上手打呢。

2

我睡着了，特别沉，头一直在疼。

一直睡到屋里全是肉香味儿了我才起来，炕好烫，我出了一身汗，推开屋门一看，客厅里挤满了人，桌上全是菜，还放着好几瓶白酒，我吓坏了，头好一阵晕。大家都在看着我笑，我也迅速地笑了出来，伯伯、大姨、奶奶、爷爷……好多人啊，桌子上就只有一个空位儿了，我径直坐下，端起面前的酒一仰头灌了下去。谢谢，我不太会敬酒，请各位长辈多包涵！

　　哎呀！小姑娘耳大面方，一看就有福气啊。来，叔叔敬你一杯！祝贺你爸妈！

　　哈哈，又会读书，有出息！来！舅舅敬你爸妈一杯！我又一仰脖子，啊，耳大面方，银盆大脸，哼哼。

　　桌上的菜都是一个味儿，都一个色儿，倒是酒，越喝越有意思，越喝越觉得甜，我忘了我怎么回了屋，但大家还在外头碰杯吃菜，这我都知道，我听得很清楚。

　　我驼着背坐在炕沿儿上，腿上放着两个枕头，枕头上放着本子，摊开了，没写字。我又想你了，怎么会这样？你还是跟过来了。

　　酒好冲，烧着我的头，快把我烫熟了。我不能自持，眼泪往下掉，我只好一边哭，一边给你写这封信，原先我一直以为情书是最苍白的争取、最欺骗的调戏，可是现在我开始滔滔不绝地写，请原谅这些矫情的翻译文体，因为来不及清洁它们了，它们是被我的眼泪冲出来的，冲到嘴边的时候它们还四处乱抓。

　　亲爱的你生活在幸福的时代，你的甜把太阳都暖成了香喷喷的榴莲糖，把海水都温作了梦露盖着睡觉的蜜吻。

　　……你难道没有看见你的眼神是多么地温存，你的面庞是多么地清澈，你的嘴唇是多么地善解人意，你的脖子是多么地机警而防范，你的肩膀是多么地平衡而严肃？

……你说你的眼前不止大路还有汪洋,你说你要打着自由女神的火把找乐子,你说你要用排除法做没做的事情,那么,这些甜滋滋的念想,你都愿意付给机关楼或者实验室,酒精灯一点,试管里梦的一团斑斓嗖地全都漆黑一片地焦煳。

我盘腿坐在奶奶旁边,我们俩满意地晒着太阳,也不说话,奶奶偶尔叹两口气,我突然觉得我好像从来没有离开过这个村子,土墙、土狗、土坡、土树,我看着看着就会笑起来。是我老了,还是你还年轻?

自从杜拉斯说起她在十七岁的时候就觉得自己老了,很多人都开始抱定从青春期就开始沧桑的姿态。我一直以为我能免俗,可现在我要诚实地告诉你——亲爱的,我他妈也老了,我不稀罕争取荣誉、我不想念高楼大厦、我不贪图黄金珠宝、我不忌妒青春年少。它们赠送给我虚空的粉红色代金券,我伸手提上我空欢喜的貂皮大衣。

然而老家太阳很好,泥土很热,我不再需要裹上高级动物的皮毛,我是啃萝卜头的红眼兔子,我是满山乱跑的野狗,我是四处乱窜的衰鸟,我是招惹苍蝇的瞎眼牛,我是尥蹶子的倔驴。

就算我是虚妄的逃避吧,并不是我不努力,而是我真的已经体力不支。

那些人们,渴求新奇的人们,只有新的事物能取悦的人们,他们在我前头越跑越快,越来越小,成了一片黑压压的事故现场。

他们愉快地生活在一个历史不再被考虑的世界里。大街上、百货商场、家里、厕所、澡堂、教室、宿舍、办公室、轿车里、广播、电视,所有人都在不断地和我说"新事物",好像新事物就因为其新而必定是有效的。

他谈论"新思想",她告诉我"新的生活观念",你讲"新体育",老师说"新的客观性",老板聊"新经济学",等等。任何东西,难道只要是"新的",就必定具有肯定的价值吗?如果不是新的,就是微不足道的吗?

亲爱的,我不明白。新事物严重地挫伤了我,我今天刚刚买的新衣服,一个月之后就过时了,我今年买的包,明年背出去就被笑话了。我把自己打扮得像个六十年代管理下乡知青的村干部,来吧!我就不信哪个时代还能淘汰我!

3

第二天我一直睡到大中午,一推门,又是一桌子菜,更骇人的是家庭卡拉OK也打开了,几个小孩儿用从头到尾找不着腔调的口气唱完一曲又一曲。

"狼爱上羊啊爱得疯狂……那一夜你没有拒绝我。"我想冲上去砸了那台大彩电,这是我老家!这是农村!怎么会有这些可怕的玩意儿呢?!

青青——大姨叫我,先吃饭啊,这都晌午了,先吃几口垫垫肚子,一会儿再吃中午饭,吃完你也唱两首啊!嘿嘿!我就爱听这些,好听啊。好,一会儿唱。大姨笑吟吟地端着面盆进厨房了,我蓬头垢面地坐下就吃,越吃越窝火。

"2002年的第一场雪,比以往时候来得更晚一些。"就这一句唱在调儿上了。

青青——大姨又叫我了,唱两首啊。

青青——

有人在唤你的名字——

三昌是个很老实的男孩子,不过是当母亲是女孩子的时候他是男孩子。

有一天，三昌在村里的十字路口玩儿弹珠。牛车极其缓慢地一耸一耸扭过去，马车嘚嘚地扬着蹄子一溜儿小跑，抬头就只能看见一只马屁股了，人力三轮车嘎吱嘎吱，像一只被浪头扔到岸上的老乌龟，人晕晕乎乎地骑在车上，嘴微微张着，唇瓣儿上翻起了白色的皮，嘴角总是夹着白色的唾沫星。握着车把子的两只手大得惊人，又黑又红还紫，骨节像被斧头砍剩下的小树桩。一双肿眼皮耷拉着，唉，大爷就快睡着了。

三昌的弹珠们特别喜欢十字路口的路面，好多小巧的坑洼，弹珠一会儿换个窝，金灿灿的太阳照在亮晶晶的弹珠身上，暖洋洋的，被猪舔了似的，湿乎乎地散着热。三昌盯着弹珠，这些弹珠是他的宝贝。

他看这些弹珠的眼神，好像一只窝在稻草里的老母鸡，老母鸡看着在旁边小头一伸一伸的小鸡仔儿们，身体不间歇地一阵细小的抖动，非常轻，好像身体里老有特别轻微的电流通过。弹珠们很恋母亲，只在母亲的阴影周围活动，偶尔挪一挪，就立即顿住了，定住不动，出神地蹲在地上。

三昌动了动三根手指头，弹珠又骨碌骨碌地往前滚，身子滚上了灰，灰是土黄色的，很细很细，颗粒很小但是绝对不模糊，掉进了一个矮下去的坑，弹珠被小坑捉住了，问问小坑愿不愿意放过这粒迷迷糊糊的小个子弹珠？小坑特别傻样儿，啊啊张着嘴，声音被弹珠堵回肚子里去了，它应该聪明些，一口把弹珠吐出来，就能说话了。

三昌——

三——昌——

三——

昌——

弹珠们不见了，像大雨扑向地面，大地汹涌地淹没了弹珠的小性子。它们刚才不是还在往前滚吗？三昌的手指头就在刚才还动了动，刚才不见了,刚才也跟着没有了,眼前只有特别干的灰土,伏在地上,也不起身,也不梳洗,看着就想拼命灌水喝,喝水的那一个瞬间,除了咕噜咕噜的水花声,什么都没有了,太阳好大,惨白的大脸悬在一段什么都散了的空旷之上,全部的人鸡马狗牛车都瞬间缩成了一个金色的小点,一颗比黄色更光彩一点儿的颗粒。

三昌也挤在了那颗小世界里,特别难受得慌,那个憋屈劲儿啊,浑身的骨头都恨不能给压碎了,躺着伸不开腿,站着直不起腰,蹲着抬不起头。怎么摆弄怎么不自在,三昌就想哎哟哎哟地痛快叫出来两声,但是喉咙也给堵上了!就像那些个坑似的,一个弹珠一个坑,都给卡得死死的了。

他想抠嗓子呕,但是手在哪儿?手呢?只剩下两个空洞洞的胳肢窝儿了,胳膊没了。腿呢?蹦蹦也行啊!怎么就这么不讲道理呢——翻不得身,插不上嘴,上火起急也没法子。三昌上来脾气了!

他刚要把脸仰起来,就结结实实地挨了一记响亮的耳光,把他扇得耳朵里飞出来一兜子蜜蜂黄蜂大马蜂,轰的一下,三昌晕了方向。血都鼓进眼泡子里去了,眼泪像辣椒水儿一样烧得他脸上火辣地疼。

到底是什么东西?这句话快把三昌的肚子胀破了,但就是蹦不到嗓子眼儿上。

你服不服?!

怎么就能这么蛮不讲理呢?!凭什么?!这叫怎么回事儿啊?!

又是扎扎实实的一脚贴上了三昌的肚子,三昌立即像一撮刨花儿一般蜷起身子。咣,又是两道爽朗的巴掌抡下来,啪啦啪啦地跟放鞭子似的往下砸硬拳头。

三昌没服,但他的脑子确实煳了,一片焦黑。这势力太泼辣了,催得三昌杀人的劲头拼命往外顶,快把他给顶吐了。他打心眼儿里恨这不由分说的一趟揍，那边儿的意思很明白了，那就是他活该挨这几下，全怪他这会儿在这儿，谁叫别人都不在，就看见了你三昌？

不为别的，该着你了，你就必须给我老实。

少废话！

这会儿的三昌，觉着自己好似被抽好筋去完皮了，好像就算自己去费大力把筋捡回来了，好心的人家帮着把皮都叠好搁那儿了，这些东西也只能眼瞅着而算不得是他的东西了。

哎？那至少也得让看见这些身体上卸下来的玩意儿啊。

他娘像一条围裙，整条搭在三昌的棺材沿儿上，头就紧贴着三昌的脸，他妈不让他爸埋。三昌面容平静，胳膊是胳膊腿是腿地躺在棺材里，任由他娘的鼻涕眼泪流了他一脸一脖子一领子。

他爹说，你这个疯婆子！你自己不得好死你还害你儿子！

他娘说，不能埋啊，三昌没有死，他还留着口气儿，不定哪天就还阳了，三昌啊——三昌——

他爹在田埂上一蹲蹲半天，吧唧吧唧抽烟，低下头，间或掸掸鞋上的灰。他都不稀罕看三昌他娘了，看着就烦，村里多少人都站在一边儿看笑话呢。他对着他婆娘盖的那间草棚子骂了两声。

死老婆娘，三天两头地闹妖，亲儿子都不放过，还在这儿搞些歪门邪道。

三昌的棺材放在地里，正中间，棺材外头是一个草棚子，是他妈盖的，三昌没有死，他还能喘气儿，他妈说等等，再等等，等有味儿了再埋。他妈就坐在棚子里，就地坐，拿着烟不时拜拜，拜天拜地拜祖宗还拜鬼神。

十六天，天天都是这样，晚上，他妈也睡在棚子里，在地上铺了层棉被的被罩，翻来翻去，叹两口气，睡会儿，又是第二天了。他妈快不行了,走不成直线的路了,身子骨特薄,地里只有三昌和他爹活着,他妈和作物们都在认真地去死。

他爹说,他娘,快别疯了,快让孩子去吧!

他娘不作声,眼睛肿得像对儿酒盅子,唉,叹一口气,哭上一段儿。

孩子到现在都没变味儿,肯定就是没死,你看他的小脸儿还红扑扑的,除了不喘气儿,他就是个活人!

你魔怔了!你给我起来,走,回家去,走,我一会儿叫人把棚子拆了。

你要是敢动我就杀了你!你这个狗娘养的!

他娘突然从地上跳起来,异常凶狠地乱吼一气。她的眼睛比兔子还红,头发上打了一堆燥结,沾着土啊草的,脖子上的皮松了几圈,她的样子好像要吃人,谁敢再多说一句劝她埋了三昌的话,她就会立即扑上去把那个人的头咬下来吃了。

他爹又没话了,蹲在那儿,算计家里的粮食还够吃上几天,在想是不是还能再跟他娘生一胎,他娘肚子上的肉老早就松了,一圈擩着一圈,又肥又腻。

再说了,要还生一个的话,万一是个女孩儿咋办?闺女是最要不得的了,娇着生惯着养,在农村这种地方,生女孩儿就是给自己减寿,不能下地干活儿,白吃家里的,到了岁数,说不准还得帮着外人把家里东西往外搬弄,不行,到最后连小孙子都落不下一个。白吃白喝也就算了,只要能一直陪着自己终老,主要闺女早晚得嫁人,这点受不了,嫁闺女,这可不是件省心的事儿。

他爹他娘全村的人都知道嫁女儿是件谨慎事儿,每个人都听过鞠家闺女的那事儿——

那天男方家里抬来轿子迎亲，鞠秀花端端正正地上了轿子，身上的衣裳是她自己做的，买这块衣裳料儿的时候，卖布的给她搭上了一块很小的四四方方的绸子布，算是祝贺她。秀花特别喜欢这块布，缝上了个边儿，攥在手里，轿子里不大透气，偶尔擦擦汗使。挨着脸的时候，绸面儿凉乎乎的，好像另一张脸在磨蹭她。

她在座儿上颠啊颠的，汗珠子透亮。

该到地儿了吧？秀花有点儿坐不住了，轿子里太热，喘不开气儿，她把绸子手帕搁在大腿上，两手拉拉衣领子，又再合上整理整理，哎哟，她不时嘟哝两句。也就这个时候，轿子的门帘儿开了。秀花看见了外头的天，日头很毒，到处都是白花花的，晃得她眼泪唰地下来了。一阵风赶过来，秀花低下头，绸子手帕自己飘起来，不等她下手抓就出了轿子，落到地上了！

停一下！

我手帕跑了，秀花跳下了轿子，回头冲轿夫苦着脸点了点头，小跑过去捡。差一点，秀花的指甲尖儿都挨着手帕了，一阵风又迎上来把手帕领走了，秀花噔噔噔地跟着跑下堤坝的台阶。

眼看着手帕幸好还是掉下来了，落在伸到水库上头的一截儿石板台上，秀花扭着小细腿儿跑过去，边跑边笑得咯咯的。打水库里冒上来的凉气儿哄得秀花好不欢喜！手帕就在那儿呢，等着她过去，把它摁住，打它两下，骂两句淘气。

秀花快步过去了，弯腰的时候，水面上铺着银闪闪的亮面儿，像块大手帕儿，这得多贵气的姑奶奶才能用得起这么块手帕？秀花伸出手，手帕儿呢？石板台上没有手帕，它跳到水库里去了，就在台子旁边转悠呢！秀花，秀花！快过去捡！

秀花弯腰去够，手帕往后躲，她跪在台子上，半个身子探出了台子，唉，还是够不着啊，再伸伸，秀花，你肯定能够着，再伸伸呀。水面儿上的手帕喜得不行，转着圈儿地乐，浪得浑身打战。满满的一大汪水啊，白花花的，银闪闪的，清凉凉的。石板台上没有秀花了。轿子还在堤坝上头的大路边儿上停着等呢。

第二天，有人在水库的闸口那儿看见了秀花。发现她的那地儿离石板台有好几里路。秀花一头乌黑的长发铺散开，像朵大花。她给自己做的衣裳没了，水太急了，秀花就顶在轰隆轰隆流水的闸口上，左右晃荡，身子很白很白，干净得像秀花的汗珠一样透亮。秀花的背特别漂亮，反着洁白的光，像条去完了鳞的鱼。

那会儿，秀花瞧见有人朝她笑了。

她克制不住自己，无法不去注意那甜丝丝的笑模样儿，脸蛋儿那么细腻，腻得她眼睛发酸。她忽然觉得很委屈，它勾引她，而她竟然也不顾廉耻了，不但跟上去了还不愿撒手。她只求它能转身多看她两眼，眼泪掉在了水里，开出了一朵漩涡，漩涡里是她酸溜溜的小脸儿，薄薄的一层，像摊开的一包鸡蛋清。她好伤心，全世界没有一个人懂得她，所有人都辜负了她，她是真的、认认真真地生起气来了。

她下了决心，这回可真是谁都不理睬了。平日里，她总是照着人家的意思去办事，去操心。她娘说她该嫁了，她就嫁了，她爹说她不应该上学，她就不上了，忒没点儿自己的主意。

呸！秀花啐了一口，哼，这回我偏不按你们的意思走。秀花啊，该打好自己的小九九了。决定好的事儿，就秀花自己心里顶清楚顶明白，哦，还有它，旁人谁也不知道，谁都只能站在一旁看着这个崭新崭新的秀花干着急瞎跺脚。秀花抿着嘴，侧着头，自个儿咯咯咯地笑得可热闹了。

秀花做她自己去了，被谁领走的呢？这可难说，都见着是秀花自己跟上前去的。

他爹渗出一后脊梁的凉汗。

那天大中午，三昌听见有人唤他的名儿，他起身答应。接着被人套走了，他结结实实地反抗来着，但是好像被打了，打的手劲儿还不轻，现在他还隐约地浑身疼。这会儿，他噌地想起了他的弹珠，亮晶晶的，就在他的眼前，他笑了，这些玩意儿太淘了，蜇他的眼，晃得他眼疼，就索性睁开了。

三昌坐起来的时候，大家都在睡晌午觉。三昌的娘从地上飞起来，腿还没站直就当即晕过去了。倒是他爹特别镇定，走过去，看见三昌之后，把烟灭了，说，你把你娘怎么了？

啊？三昌急了，你们这是咋呢？！我死了？

三昌说他刚从三叔家里回来，胡说八道！三叔都死了好几年了！

你都看见啥了啊？你去了谁家？见着跟你说啥了？

大家都围在三昌旁边，三昌慢条斯理地一户一户地说，说到谁家，谁家人就给三昌拜三拜，鞠躬的也有，但大部分都是头插地地拜。

三昌说，他去了阴曹地府，有人在那儿等着他，领他去了村里的地儿，三叔的房子快塌了，当年烧给他的房子没糊好，日头晒晒，小风一吹，大雨一浇，三叔生怕又得死一回了。

四姨缺钱使，还穿着下葬的衣服，破破烂烂。四姨觉着特别羞，又是跺脚又是红脸地大骂上头的人！指名道姓地嗷嗷抡圈儿骂！操你二大爷的一群没良心的破烂货！

说了整一个下午，大家站得直直的，没有谁家不服的，三昌说的，都太对了，不服不行。

原来三昌是被挑中叫去捎话了啊，这要是埋了，这，这，这事怎么完？大家都特别后怕，都在心里狠狠地朝自己腮上搲大耳光子。

要你笑三昌他娘,要你笑话人家,要你抄着手撇着腿地看着热闹,唉!可要使上大劲儿地打,要是没有三昌他娘,就肯定都要遭报应了。嘿呀,打死你这没记性的挨千刀的!

三昌他娘呢?在给他儿子做饭,三下两下杀了一只老母鸡,炖汤!

4

汤端出来了,桌子上方一片热气腾腾,好像一个仙境,我钻进去就绕不出来了,还是一大屋子人,不过我还是没认清楚谁是我的谁。罢了,和谁都把酒喝到了就行。

青青,来,多吃点儿菜。

行,大姨,您也自己吃,我自己夹就行。

你这小孩儿,好不容易来了一趟,也不多出去走走玩玩儿,就是自己憋在屋里炕上,下蛋是不是?

嘿嘿嘿嘿,外头太冷了,我头一直疼。

反正你不出去乱跑我是最高兴,要是你磕了碰了,我可对你妈负责不起。

窗户上冻上冰了,风在院子里发疯,一声一声,叫得特别凄厉,我坐在炕上,接着头疼,哪儿也不想去,一动不爱动。

我原本想来看看,核实一下我对村子的记忆,倒也不是记忆,而是听到的说法,母亲和我说过好多村子里的事情,我想看看这片地方如何出神入化,可惜它已经不是个村子了。那些地方,我确实是打算好要看一看的,但现在我全无了热情,我觉得它们还是在我的脑子里更保险,一旦放出去了,估计最先找不着家门儿的是它们。

死人找不着家门,就成了野鬼,野鬼是最让人看着心生怜悯的。

那我该来写点儿什么？我没法魔幻了，我也不打算现实，总不能记一本子流水账回去。

写什么写，别写了，写些没用的废话，还不如躺着做梦，或者去唱两首歌，可是如果连写都不写了，我就彻底报废了，写作是我的谋生工具啊，不能忘本。给你写信好了，反正，总算是写了。

写作现在对我来说意味着什么？我的妈呀，我竟然矫情地问出了这么呆滞的问题。不过不时拿这个问题给脑子去去死皮倒是挺好使的。现在，我拿起笔来，所干的事情就和哪家报纸上的"小强填字"差不多。我只不过是在回收和处理过剩的信息和文字，这些死而不僵的东西们总是悄悄围聚到一起窃窃私语。

我拿着笔，像握着一把大扫帚，费劲儿地把它们扫到一起，归拢到白净的纸张上。拿起笔写作只是为了证明我每天获得的各种信息不全都是对我的人生毫无意义的废品，连变卖成饮料钱的可能性也没有。

美国又四处撒野了、中国又有各项事故了、路边冻死骨朱门酒肉臭、千金散尽还复来，我都要写上两笔祭文。穿插在各种滋阴补阳广告中间的新闻让我烦躁得要死，是啊是啊，我又救不了他们，看着他们死，这不是折磨我吗？你让一个一个的活人变着法儿——烧死、吊死、摔死、炸死、捅死、打死、憋死、勒死、溺死、踩死、饿死、病死、毒死在我面前。

虽然电视节目是人做给人看的，但我觉得这根本就已经不把我当人看了。

人就是一团肉，哭了不会化笑了不会裂的肉团子，你叫我作何反应是好呢？谁我也帮不了，只能端着饭碗边吃边看着，被满镜头的炸弹横飞吓出了焦虑，被满屏幕的血肉模糊吓出了神经衰弱。结论下来了，我就是鲁迅最痛恨的看客，看着乐得屁颠儿屁颠儿的，诊断报告——只有眼睛能转的残废一具。

不过说归说，我究竟还是不肯死心地只做一个看台上的观众，看完了看够了，我把各种各样的事件往脑子里扑通一倒，挑挑拣拣，然后拿起某样事儿开始唠唠叨叨地说这说那。

这场景很可笑，可是亲爱的，这便是我还能感到自己是个活物的荣誉证书，这种相互证实的关系就像英语四级证书之于大学毕业证一般硬朗和不容置疑。我尽了自己最大的努力不去忘记"感受"，撇下"知觉"。可是再多的牢骚也是牢骚。

看看"牢骚"这俩字，天生一副不讨巧的脸，往你跟前儿一站就像一张张麻麻点点坨坨坑坑洼洼的脸。怎么看怎么难受，就想把这两个字抠出去喂狗！没用的破烂儿！

我的抱怨像一张掉进吃剩下的馄饨汤里的卫生纸，恶心！

抱怨有什么用，该死的不该死的继续死，该活的不该活的继续展望未来，我说要世界大同，一颗炮弹就开花了；我说要团结友爱，一个国家就把另一个国家踹翻了；我说要各取所需，这家孩子上不起学那家癌症艾滋病瘫痪。

妈妈您好！没错，她每次都非常准时，一到这个女儿要使性子的关键时刻，我可爱的妈妈就来了。这个非常好的女人过来拍拍我的肩膀，微笑着说："孩子，别老是这么多抱怨，这可是最好的时代了，这些破烂事儿，旧社会更多！那时候成天死人！你要好好学习，这年头饿不死有本事的人！"妈妈端着腰身款款下厨房了。

转眼间我闻到饭菜的香味儿，幸福得想跪在妈妈脚边上大哭，只有那一刻，我觉得随波逐流是美好的，斗鸡的姿态是不合时宜而且可笑得令自己难堪的，是啊，天下还是好人多，所有的问题都在被解决，没有哪个近在眼前的敌人需要斗争，也没有什么邪恶能引起足够的热烈反响。不用先锋了，没有压迫了，不用实验了。

再见吧，我撒欢儿的小马驹！你从此要三阳开泰，四平八稳，九九归一。

可是一等到饭吃完了，觉睡足了，零食摊了一地，电视开始大放异彩了，我就还是想在垃圾中乱翻出些碎布头、机械零件、破烂的小玩意儿。这件事情帮助我消耗多余热量和脂肪，有助于介绍精神高血压灵魂高血脂的病症。

可现在我真的不知道到底想表达什么，拿起笔想写的真正是什么，我的立场是什么，我的姿态太过于扭捏、表情太过模糊的暧昧。我没有浸没到生活的浴缸里去，浑身因缺乏生活经验而干燥得脱皮皴裂；我也没有爆开想象的酒瓶，梦的酒精不能使我双脚离地飞向二次元空间。

前者，我总是想着某种精神身份的划分来安慰自己——现在是大众时代了啊，他们把精神一把摁进被窝儿里，捂死一个算一个，我读过柏拉图尼采黑格尔福柯萨义德郭敬明，我看过库布里克黑泽明米洛斯福尔曼大卫林奇无极黄金甲，我听过莫扎特卡拉斯邓丽君各种 indie 老鼠爱大米，由此可见，我是一般人吗？我能是一般人吗？

我是个上等人！我怎么能屈尊说些白话段子就为了一博菜市场人称鸡老板的王大娘的嫣然一笑？屈从重力是最大的罪恶。这帮人啊，目光最短浅，最没有耐心等待事物的成熟，什么事情他们都要当下见好处，他们哪是想看那种能形成严肃思考的语言啊，那种简洁与精练是他们最不屑的，他们？他们要的是那种迅速提供他们想知道，看过又能迅速忘掉的生活箴言感悟之道人生大智慧。

如是安慰了一通，作为自己无力深入世界的借口，可对于后者的发难呢？难道我的悲哀的肥胖身材会有所消瘦吗？当然不会！我对这个世界的认知都是他们教给我的，我惭愧于我无法运作自我的思想机器，它看上去就像一家九十年代国营工厂里的巨型报废机械。我只是炮制了一些貌似很崇高的主题在自恋地折腾，什么死亡、灵魂、痛苦、变态、扭曲，是啊，我把这些正经八百的词语当成了身份证，证明我是个骄傲的城市身份！

漫长的阅读过程使得我的大脑已经成了一派繁华的殖民地，各国的国旗在风中趾高气扬地挺胸撅屁股。我呢？佝偻着背点头哈腰："对！对！您说得是！小的服气！您的思想就是高贵！您就是更懂人性！您就是更深邃！"

我本来是根黄澄澄的油条，什么时候油脂分泌锐减变成了一根丰满的香蕉？我不想披着一身黄皮而文一身披头士的惨白肉！各种势力勾兑之后的葡萄酒味儿的普洱茶。你看过中央6台播出的外国电影吗？我已俨然成为那种配音的腔调，除了是一碗各种主义的羊杂汤，大菜小菜正餐的点菜单都上不了。

说到这儿，还要更坦白的就是我不但没有生活经验，而且恐惧生活经验，拒绝观察现实，也拒绝和人群打交道，"生活"成了遍布入口却不见安全出口的地洞群，而祥林嫂成了我的七大姑，玛德林成了我嫡亲亲的外甥女，我只在书里读过人对"人"的描述和阐释，等我见到真正的人我已经不认识了。

书让我自视甚高，书让我接不上地气，我无法套上所谓上等社会的近乎，他们把持着巨大的财富，却在家里的地板上随地吐痰能在公共场合大放厥词。我也不能和那些孩子成为朋友，他们每天算计着物价想着怎么能多占点儿便宜而心安理得想着《蓝色生死恋》惦着《加油！金顺》。

但大家都是自恋狂。

我是卡在他们之间的中级自恋狂会员，每月生活费一千八——买了衣服就买不上裤子，狠心连鞋子买齐才发现没包背，够我买书装文化人就不够我上剧场装艺术青年，够我去酒馆里学习女人一生至少应该掌握的一种风骚技巧就不够我买两张打口CD。太不上不下了，太上不着村下不着地了。我是如此地脸形不配头形头形不配身形身形不配腿形腿形不配全身造型。可还是扬扬得意地把守着自己的所谓生活方式，就是打死不肯承认自己既逛不起百货公司也不愿意真维斯邦威，纯粹地为了给活下去攒下点儿崇高的信念。

  捉襟见肘，忒难堪
  我的防御值上千分，我的攻击力是负三滴血
  幸甚至哉，歌以咏志——
  从今天起，做名幸福的阿Q
  自欺欺人，骗天骗地骗鬼神
  从今天起，关心粮食和蔬菜的价格
  从今天起，和每一个亲朋好友拉关系
  告诉他们我可能某天会有事登上三宝殿
  那社会告诉我的成功门道
  我将脚踏实地地照做
  给每一个我看不顺眼的人起一个恶毒的绰号
  陌生人，我连你也可怜
  可怜你像我一样没长相没心眼儿没性格光有脾气了
  可怜你同我一样害怕物价飞涨上学看病回家碰上农民工返城高峰期你姐们儿又买路易威登了
  可怜你只能和你夫君相亲相爱因为生不起孩子
  最后愿你在尘世最终获得心凉自然静的平和心境
  我还好

今晚的我真想驾着月亮去找你，礼貌地敲开窗户，让月光的嘶鸣逗你开心

你真好，有房有车

5

我在外头瞎逛，风鼓着肚皮，气脉沉稳，吐纳自在。地有点儿返潮，土一块儿干一块儿湿，一块儿硬一块儿软，走得我晃晃悠悠。我走到田地旁边，站住了，看着这片秃了的土。

我抹了把鼻子，在城里，我从来不敢拿袖子擦鼻涕。

周围没有人，不知道大家都在哪儿忙着呢，树也都秃了，鸟蹲在树上，看得一清二楚。但都是灰色的，一点儿鲜亮的颜色都看不到。我看了一眼远处，想看到很远很远，但是风太大了，冰凉冰凉的，我的眼睛只能睁开一道缝儿，如果全部睁开，飞出去的就不是眼神而是眼泪了。

我现在是自己一个人在离母亲十万八千里的地方，以前，她很喜欢带我出去玩儿。

再也看不见听不着回不去了——

周五晚上，妈妈带我去二姨住的暮云镇。那里离城市很远，从家里出发，要坐四十分钟的公交车，那里路边的树长得很高很高，树叶很茂密，叶子很绿，马路修得高高低低，车子一会儿爬上去，一会儿顺下来，很刺激。道路两边是绿色的稻田，一块一块，规整又漂亮，还有一条一条的塑料大棚，有点儿透明得发白。上面圈着一棱一棱的黄色木条，风一吹，塑料薄膜就胀气，整个大棚看上去像一根婴儿的手臂，白乎乎的肉一圈一圈地长，真喜人。

二姨的家在一个国营塑料厂里，五楼，楼道非常脏。厂子倒闭了，

谁心情都很不好，谁都喜欢乱扔东西，谁都蓬头垢面懒得收拾。

晚上，我在客厅里看电视，肚子疼，就穿过卧室去上厕所，从厕所一出来，我肚子就不疼了，我蹦蹦跳跳地跑过卧室，一高兴，就一屁股坐到了床上，然后就出事儿了，我觉得我坐到了一团火上，非常疼，我起身一看，一只黑色的蜜蜂，是黄蜂？马蜂？不知道。大摇大摆地从床单上飞起来了，我看着它，它四处乱撞，然后才又掉回床上不动了。

我这才开始扯开喉咙大叫，二姨和我妈赶紧冲出来了，我一见着她们就开始哭，指着那只死了的蜜蜂说它咬我。母亲帮我把蜜蜂的刺针拔出来，二姨帮我抹上了酒精，我感觉舒服多了，但是继续看电视的心情一点儿也没有了。我提着裤子，走到阳台上，二姨家楼下的围墙外头是一个很大的池塘，深绿色，周围都是树，我觉得那个池塘很可怕，不知道水里都有些什么东西，东西还好，就怕有人，而且还不定什么会冒出来，上岸走走。

从池塘上头往外看，大马路的那边是一座一座的山，二姨告诉我，那些都是坟山，埋了好多人，白天的时候，能看见一个一个的小墓碑，灰色的。我盯着那些山，想看看在晚上会有什么景，凉风刮着我，特别自在。

山被我看啊看啊，我看见中间靠后的一座山上有一间凉亭，很普通的样式，一个五角形的顶，五个檐角往上翻翘，五根柱子插在一块平台上，没有围栏。有很热闹的声音传过来，好多人在又唱又叫。接着，一大团蓝色的火光升起来，烧得非常有劲儿，我都能听见火在呼哧呼哧地喘气，那些笑声说话声越来越清楚，那蓝色，太纯粹了、太完美了，我这一生都没有见过那么漂亮的蓝色，整个凉亭里都是那团火。我叫起来了！妈妈！二姨！你们快过来看！

妈妈过来了，问我，看什么？我说，你快看啊！那边的那个凉亭！

特别漂亮！好大的火！妈妈顺着我的手指的方向看了半天，没有啊，什么凉亭啊？我急了，就是那边啊，特别大的火！蓝色的！你又发什么神经？自己玩儿啊，我看电视。别没事叫我，被蜇了一下，别尽大惊小怪地咋呼。

我继续待在那里，他们就在我耳朵边上唱歌呢，太真切了，那团火，那种蓝色，太纯粹了，太美丽了，那种极致的艳情在我的身体里大爆炸了，无数的粉末消融在我的身体里，像一块巨大的丝绸融化在我的身体里。海里的冰山一挨着我的肩膀就哗地化了，东北的冻土在我的脚丫子底下发着高烧，北京只剩下了一碗热卤煮汤。

真想飞过去，够不着时那个着急啊。我想号啕大哭，把这辈子的眼泪都哭出来，把世界都冲走，冲得干干净净！我是最伤心的人，我和它中间隔着池塘隔着山隔着坟隔着阴阳两界。我哭啊哭啊！眼睛好烫啊，喉咙都哑了，我浑身的骨头都震裂了。

事后的很多天，一直到现在，我一直想这么大哭一通来着，特别特别想，但是当时完全傻了，被惊着了。我到现在还没找到一个合适的机会进行这件事。

但那时我就很明白地知道，我永远也不会再看见了，我再也看不见了。我只看见过那个凉亭两次，额头上的眼睛一共开过两次，就是那前后的两天晚上，听见那么高兴的声音，太热闹了，太吵嚷了，我再也听不见了。

母亲不相信我，原来再亲再亲的人，也会有彼此说不清也无法理解的事情。

我是因为这个才哭了的——眼泪扒住眼球，像一层蛋壳，终于还是咔啦一声破了，眼泪黏糊糊地拖拖拉拉漏出来，先是比较清亮的鸡蛋清，接着就浑了，蛋黄跟着恶心地、湿湿答答地涌出来几滴，还顺带着正面粉背面白的碎蛋壳子。

没见比这哭得更窝囊的了。

6

可眼下我特别挂念她，想家，想回到暖和的家里，摸摸她的肚皮，把总是焐不热的手放上去暖和着。当然，我也想你了。

亲爱的我又想你了，实际上我可曾有一刻不想你呢？以前我总会为不停想你而觉得难为情，可现在我的难为情已经完全地沦丧为悲哀，悲哀从我的骨髓里飘出来。

见过那种悲哀吗？我像是一大块炖在砂锅里的咕嘟嘟冒泡儿的烂肉，它比酱油的脸色还要漆黑、比醋的冷酷还要更杀气腾腾、比香叶八角茴香壳的暧昧更加黏糊、比盐粒糖粉的坚决更加分裂，它们在一种温热的条件下缓慢地渗入我的身体，现在，白花花的热气飞起来了，那种味道让我心酸让我掉眼泪。我想，我的悲哀就是即便和你结婚，我也不会得到我想象的美满。

这不是你的错，来吧，亲爱的你，温柔地坐在我的身边，握住我的左手，看着床头的光晕，耐心地听我和你说个好玩儿的事。

我出生那天，我的父母千分激动万分不安。我的父亲特意叫来了他的几个女同事，希望能把那种看见新生命的狂喜像喜糖一样痛快地抛撒出去。和母亲同病室的还有一个高干子弟，她从昨天住进来就鬼哭狼嚎，她又细又尖的京腔闹得我母亲心情极为烦躁，叫什么叫？！有那么疼吗？母亲憋着劲儿，一声不吭。

嗯！一使劲儿，我就出来了，毫不折腾地乖乖地掉到了医生们手上，他们托着我，我首先被端到了我的父亲和他三个女同事的面前。据我父亲现在的说法是，其中一个女孩儿在看到我的那一刻当即尖叫了起来！随即，她两个通红的鼓腮帮子上有了两道凌厉的泪痕。而我的父亲呢？他说他看见我的那刻当即满脑子一片空白，比天安门广场还干净。

一只猴崽儿，浑身猩红，长满了棕黑色的茸毛，还一阵一阵地抽搐，牵动遍布全身松垮的皱纹和褶子。

一个死了很多天的小老头儿！

我父亲的脚后跟有些立不住了。医生没有管这几个已经情绪难以自持的人，把我送到了我的母亲脸前，我的母亲笑了，她觉得她没有见过比这个小东西更可爱的事物了，我就是这世上最能讨她欢心的无价之宝。就在我母亲陶醉的时候，我的父亲开始哑着嗓子拉扯医生："医生，她是个残废啊？你看，你看看，拽一下脚，就弹回去了。"医生白了他一眼："在肚子里那么大点儿地儿蜷了将近一年哪！等着慢慢儿松开呗。"

亲爱的，其实我也不觉得这个故事有多好笑：母爱是如此无条件和无私心，哪怕我是个红毛狒狒，母亲也照样会用泪水、奶水和血水喂养它，尽管它只能长大而不能成人。父亲就不同了，对他的记忆就像对一个法官的记忆，成绩不好时他责骂我，我的字写得歪歪扭扭时他便大发雷霆等等，他是秩序他是理性他是权威，似乎只有我照他说的那样做了，我才有资格获得他的爱。

在得到的同时我是难受的。我获得父爱的过程就是个不断"满足"又不断"失望"的过程，我害怕我做不到他对我的要求，我畏惧失败，不是失败本身摧垮了我，而是失败意味着我父亲对我的爱就要丧失了。为了时刻让这种爱的感受停住，我不停地寻找肯定和赞美，仿佛是一个饥民总在翻箱倒柜地找粮票，而门口的谷穗已经全部霉烂。

我想，也许父亲在找的是一个继承人，一个可以完成他未竟心愿的人。父亲的爱需要争取,而我每一次的争取都是这么地极费力又要抱着不讨好的恐惧。现在,我早已对这种"提出要求"——"满足要求"——"给予爱"的模式习以为常。

这种被动的捆绑已成为低三下四的享乐,我在这个被动句中感到舒服和惬意。于是口号被粉碎了,我迫不及待地要从一个家庭中跳入另一个家庭,恨不得直接跳入你的胃囊里,被消磨成一把骨灰。

亲爱的,你问我我爱你的原因,我怎么能和你说是因为你年长,你可以对我发号施令。你是如此地坚持和果敢,你是善良的,你是货真价实的。你让我想取悦你,我以讨得你的欢心为我最大的心愿。我愿意躲在你身后,服从你的指挥,遵从你的意愿。

如果我们结婚了,天哪,我将每天都在猜测你的心思,希望能在你把要求提出来之前就满足你,哪怕天天跪在地上服侍你,我会让自己也让你相信这是因为我太过爱你所以甘愿牺牲,而最真实不过的就是,我所做的一切都是要从你这里交换到肯定和赞赏,这是一笔不由你决定的买卖,我强卖给你我的付出。

多像是一个自以为是的富人,拎着一兜包子,突然看见街边趴着一条病恹恹的老狗,便得意洋洋地扔给它一个包子,但这只狗非但没有用亢奋的汪汪大叫来回报富人,而是更加冷淡了,索性连眼皮也合上了,头扭到另一边。可以想象,当这个富人看着滚在脏泥巴里的包子是如何地仇恨这条狗。

同样地,我就像那个虚脱了的富人,当你某刻亮出了绝不付账的姿态时,我将如何地歇斯底里,撕心裂肺,我站在你的面前,像一盆水哗啦一声摔在地板砖上,接着,骂骂咧咧地趔趄进下水道的屁眼儿里。

一个社会的早产儿提前挤进了世界,我的体质扛不住情欲吸引的热感冒、物质诱惑的破伤风、人云亦云的狂犬病、无法坚持己见的软骨病、不愿为正义付出代价的骨癌、丧失自我随波逐流的脑瘤。

当我哆哆嗦嗦地为一种隐秘的涉世激情而鼓动，我内心更多的并不是拿破仑面对欧洲版图的宏愿，而只是一种落后的、怯懦的冲动——一种退回母体、回到子宫、没入羊水里的冲动。

不管我是装孙子还是扮大爷，我都是毫无个性的瘪三。

我不愿意这样，亲爱的，我是爱你的，我不该把爱强塞给你。要想好好儿地爱你，平等地爱你，让爱成为温柔的季节，我必须先让自己完全地诞生。

她需要一副更为强健的身子骨，你说是吗？

7

我从外头冲进屋来，浑身还在哆嗦，大衣一脱，一头栽到床上，一抽一抽，我趴着，好久都不能恢复平静的心跳，这会儿是下午三点，最不上不下的时间，我最讨厌下午三点，过了午睡的时间，也不到吃饭的时间，四处都太安静了，阳光呆滞，我不知道该做什么。只有给你写信能让我好过点儿，赶紧把时间打发走。

今天下午两点的时候，我在村口自己瞎转悠，消消食儿，顺便等着妗子带我去村外头的加油站上厕所，姑在山上果园的大棚里，一时半会儿下不来。我很无聊，看东看西，越看越没意思。等了二十分钟之后，姑没来，来了四个毛头小子：胜利、介苗、介果、介牛，后三个是我侄子，我来的时候，分给他们一人一大包糖，因此，这几天里我极其受他们仨的待见。介牛手里攥着一只麻雀，好像捏着一颗水果糖，我问他们："你们几个干什么呢？"介牛说："做实验。"我问："做什么实验啊？"介苗说："动物实验。""那怎么做？"介果说："把麻雀剁巴了。"

"啊?"我看见胜利吸了吸鼻子,点点头。

他们四个本来好像要找个什么犄角旮旯的,但是被我这一拦就给耽误了,四个人索性就靠路边蹲下来,撅着屁股,围着麻雀,吸着鼻子,麻雀躺在杂草上,我站在旁边,看不清它是真死了还是还能动弹。他们从兜里掏出来刀片和折叠小刀,小刀生锈了,一点儿也不光亮,像一片口香糖。

这四个人行动很快,四只手捏着麻雀,四只手在麻雀身上动刀子。四个头接到了一块儿,麻雀看不见了。几个人一边划拉,一边听见他们说:"哎,慢点慢点儿,从肚子划拉","你别动,我看看,刀片割不动","肚子! 看看那心脏在哪里?"我在旁边小声说:"学过吗?麻雀虽小,五脏俱全。"四个小子没搭理我,我接着四处看,往别处溜达了。我浑身发紧,头皮发麻,腿肚子发软,喘不开气儿。太难受了,直恶心,我蹲在地上开始哭。哭啊哭啊,嗷嗷直叫唤。那一刻我觉得我还是个孩子,我对你就像那四个孩子对那只麻雀一样,你说是吗?

我需要你是父亲的时候你就得是父亲,我需要你是哥哥的时候你就得是哥哥,我需要你是弟弟的时候你就得是弟弟,我需要你是老师的时候你就得是我老师,我需要你是你的时候你就得是你。

我需要对你彻彻底底地占有,我想把你撕开看看你到底是什么构造,想装一个透心镜看你每时每刻在想什么。

你说话,我嫌你吵,你不吭声,我就歇斯底里,我受不了不在我计划之内的你,我受不了我不知道这时的你在想什么在干什么。我总是变着法子折腾你,就像他们对麻雀一样,想尽办法进入你的逻辑你的规则。我无法把你了解透,可是我完全了解你了我又不会爱你了,这到底是怎么了,我是怎么了?! 病态的神经病患者一枚,别在你的衣襟上。

我太自私,只想搜刮货物而不买单。

对不起，亲爱的，我在胡说些什么乱七八糟的！

8

已经待几天了啊？我在算计。所有我想看到的东西都没看到，倒是钱只剩下两三张了，东送送西送送，小孩儿们把糖纸四处乱扔，不和我说话，整天如堕雾里，早知道还不如转程去蓬莱了。

从前做过一个梦——

那天晚上，我睡得不算太早，但是和平时一样，没有刻意早睡早起或者要熬夜干什么，合上书，关了灯，我往左边侧着身，心脏往右手臂的方向垂了一点儿，一动一动地，我觉得挺好玩儿，过会儿转身平躺下的时候，已经开始磨牙了。

我在一个很黑的地方，好像有点儿模糊的月光落下来，因为我看见进门的地方栽了竹子，竹子在摇晃，影子在墙壁上也摇晃。

舅姥爷和姥娘过来了，两人还是老模样儿，脸上都带着笑，见了我，姥娘赶紧上来挽住我，叫我进进进，我觉得脚特别凉，往地上一看，地上也是一片光亮，水汪汪的。

我问姥娘，姥娘，怎么这里这么潮湿啊？

姥娘说，是啊，特别潮。

接着进了屋，这屋是一套大平房，窗棂、家具都是木头的，屋里也是一片黑，有点儿亮，但是我连他们的脸都看不大清。

我说，姥娘，这里头也太黑了吧？

这回舅姥爷回答的我，他说，嗯，特别黑。

我醒了，那套房子又黑又潮湿，姥娘和舅姥爷满面笑容。我在床上坐了一会儿，叫母亲过来。她已经做好了早饭，正打算叫我起床，看见我已经坐起来了，吓了一跳，哎呀！今天哪位神仙附身起这么早？我说，嗯，舅姥爷和姥娘。

母亲一个冷战，什么？！你刚说谁？

我说，舅姥爷和姥娘昨晚上托梦给我了，我去了他们住的地方，门口种了好多竹子。

母亲说，对，你舅姥爷最喜欢竹子。

我说，是吗？我先前不知道。

母亲说，然后呢？住的地方怎么样？我说，又黑又潮。

母亲的眉头皱在一起，啊，他们身体怎么样？

我想了想他们的脸，嗯，还行，看上去都挺高兴的，应该挺好的。

下午放学回来，刚一进门就听见妈妈说，我今天打电话给老家了，姥娘的坟被耗子刨了坑，灌进去了雨水，今年家里农活儿太忙，谁都没顾上给扎个明镜烧了。

我边扶着墙脱鞋边说，嗯，那就对了。母亲盘腿坐在沙发上，耷拉着头，我就奇怪了，你姥娘和你舅姥爷怎么找你呢？我噘噘嘴，耸耸肩，整套的无辜样子，心里说，因为我能睡着，比较好找。

舅姥爷过世后，埋在黄土岭上的一个干部陵园里，旁边的墓友还是他的山东老乡。

舅姥爷是姥娘关系最好的弟弟，所以舅姥爷病逝的时候，谁也没有把这事告诉在老家的姥娘，姥娘一直都不知道，每个月寄回老家的信都是我妈写的，姥娘不认字，谁写都一样，舅姥爷每次写信说的都是那些事儿，谁说都一样。

姥娘临死那天，她把头梳得光溜溜的，穿上浆洗的小夹袄，换上一双新的白袜子，端正地坐在炕上，母亲进了屋，看见姥娘竟然自己收拾好了，非常高兴。

娘，您舒服点儿了？

母亲端上一碗小米粥。

姥娘不答话，也不伸手接粥。

她扭头笑吟吟地朝屋门口招了招手，然后屁股往炕里挪了挪，右手把炕头摸了摸，还低头吹了吹，舒了口气之后，才拍着炕说："来，二弟，过来坐，你爱干净，这边儿干净。"说完，姥娘慢慢躺下去，不是睡着了，是死了。

原来舅姥爷的坟是空的，他早就去找姥娘了，老乡也留不住他，那我烧纸钱上祭品的时候，是谁过来接的呢？我每次和母亲上坟的时候，陵园里都很安静，也没有风，母亲在门口放一挂鞭子，然后我就开始点蜡烛、上香、烧纸钱，给舅姥爷敬酒、夹菜，说几句话，然后磕三个头。

烧成黑色的纸钱镶着殷红的火边儿，丝丝缕缕，非常机灵。

头磕完之后，母亲照旧会哽咽着说，舅，我们走了，每到这个时候，就会过来一阵旋风，非常轻，卷起纸钱，黑色的纸钱变成灰色的粉末，高高的一沓纸钱，往上飞，飞过已经被蜡烛熏得发黄的小青松，飞过我和母亲的脸、衣服、手和脚，往上飞啊，一直往上飞呢。

你说，这个来接姥娘的人是谁呢？不是舅姥爷能是谁呢？是谁都一样了，姥娘和舅姥爷一辈子乐善好施，只要自己不饿着冻着，他们谁都愿意帮。

舅姥爷已经过世十年了，他明明可以活到现在的。

那天下午，舅姥娘从股市大厅里出来，一个三十来岁的中年女人迎上来，她哭丧着脸，一下就抓住了舅姥娘的肩膀，抓得特别紧。

阿姨，您行行好，我丈夫来打工，结果从楼上掉下来摔死了，我没钱回老家，您行行好，给我点儿车票钱吧。

舅姥娘感到眼前升起了一阵白色的大雾，有点儿困，啊，摇摇头，特别晕。

你要多少钱？

一百块钱，你给我一百块钱，我就报答你，告诉你阿姨，只要我手里有一百块钱，我就能变出十张来，都是真的，我绝对不骗您。

她的脸红通通的，眼睛贼亮贼亮，嘴唇儿是紫色的，上身的紫色呢子西装特别小，露出了里头大红色的毛衣。

这身打扮太标准了。

舅姥娘带她去了家里，她在门栋外头等，舅姥娘进了屋，没和舅姥爷打招呼，什么话也没说，径直进了卧室，把首饰盒抱起就走。然后又进了厨房，把一个腌咸菜的坛子打开，掏出一大包钱放进背包里。

炳淑，你干什么？

有点儿事。

舅姥爷在按摩椅上躺着，闭着眼，听着广播，不大能听见舅姥娘在四下里扒拉、翻腾。

炳淑，你的股票涨了吗？没涨，跌了，你都不要太着急，就是图一个好玩儿，别急出毛病来。

嗯，我再出去一会儿。

舅姥爷关了广播，他觉得今天她有点儿不对，舅姥爷穿上鞋，后脚跟出了门。

往外一看，舅姥娘已经走不见了。舅姥爷觉得很不对，加快步子往前赶，舅姥娘已经走到大院外头了，和一个女的，两人走得特别快，舅姥娘把背包和首饰盒都给了那个女的，到了马路边儿上，那个女的又拍了拍舅姥娘的肩膀，上了一辆出租车走了。舅姥娘站在那儿，目送着车开走。

舅姥爷跑过去，心口疼起来了。

炳淑！炳淑！

舅姥娘面无表情，眼睛睁着，半天眨一下。

炳淑！

舅姥爷把住舅姥娘使劲儿晃了几晃。

舅姥娘醒过来了。

哎？景祥？你在这儿干什么？怎么了？

炳淑，你把家里的钱都拿给那个女的干什么？你没事儿吧？出什么事儿了？

舅姥爷捂着胸口，晕倒了。

晚上，舅姥爷在医院的一间高干病房里醒了，舅姥娘在旁边哭得不成样子。

景祥啊，我对不起你啊，我糊涂了，那个女的在股市门口拦住我，说她男的死了，问我借钱，她一直抓着我的肩膀，然后我就什么都不知道了。我根本不知道我回家把钱拿走了。

舅姥爷笑笑，没事儿，人没事儿就行，估计你是叫那个女的拍了迷药了。

护士说三天后就可以出院了，没什么大事。

凌晨四点的时候，舅姥爷被叫醒了，医院的高干病房住满了，这会儿临时来了一位在职的省级领导，他也是突发心脏病，需要舅姥爷把病房腾出来。

舅姥爷大怒，为什么他住进来就要赶我走？他就不能住普通病房去吗？你们就不能叫别人腾地方吗？

副院长赔笑脸，唉，对不起，我们也是压力很大，希望您能体谅我们，我们更不容易，这要是耽误了，我们这儿谁也负责不起。

普通病房里，和舅姥爷邻床的是一个正在做化疗的男人，不是嗷嗷吐就是干呕，舅姥爷整天整晚睡不着，叹气，翻来覆去。

一个星期后，舅姥爷突然病重，去世了。

母亲自那以后，再也没有给过叫花子钱，她特别憎恨那些叫花子，她说他们都是骗子，最坏的人了。

我最讨厌那个谁也没见过的在职领导。

9

我睡了很长时间，这会儿醒了。

萧萧今天给我打电话，告诉我她的近况。她上个月回家，在火车上认识了一个男的，那个男的在北京当记者，他们俩迅速地好上了，但是一个星期后那个男的突然回老家了，他说他还是忘不了过去的那个相好儿。萧萧一直找他，但他就是不接电话。今天，萧萧去超市买了一个不锈钢饭盆，一瓶番茄酱，一包千岛酱，一罐豆腐乳，去食堂打了一份米饭，回宿舍以后，她把米饭、番茄酱、千岛酱、豆腐乳在饭盆里搅和到一块儿，拍了一张照片，彩信传给了那个男的，照片的题目是："你儿子。"

好累，晚安。

10

第三天了，要是我再不去奶奶家，我估计回家之后的第一档子事就是挨我爸揍。我包着头巾，低着头，跟着大姨去了。

奶奶住的屋子挺暖和，但是太阳照不进来，屋子里黑漆漆的，奶奶见了我特别兴奋。

青青啊，我可想你了，老奶可想你了。

可想小青青儿了！

你老爸还好吧？

你老妈还好吧？

奶奶在城里待过很长一段时间，她喜欢和人说话，但别人都听不懂，她还是喜欢老家，随时出去串门子。在那边的时候，我喜欢老爹老妈老奶地叫，老奶早就习惯了。

从奶奶家走的时候，我抱着一床棉被，棉被的被面上全是大红喜字和龙凤图，老奶说，找个身边的好朋友，和人家好好处，这是给你结婚盖的。

我赶紧接过来，太喜庆了，棉被那么软，和老奶脸上的皮肤一样，很松很松，毛茸茸的。临走的时候，奶奶说，祝你身体健康，学习快乐，天天开心。

好像根本没见过奶奶，刚才上哪儿去了？我还是坐在炕上，屁股特别热，两手通红。

我为什么喜欢我的奶奶呢？因为她老了，听上去真废话。她今年七十九岁了，她是一个二十岁的姑娘的奶奶，她当然老了。但之所以这么大惊小怪呢，是因为这样的衰老能被我看见。我能明确地感到这个女人已经很"老"，这让我极大地送走了一口气。

偶尔看一眼奶奶——日子一天撂着一天，奶奶糊里糊涂地往下过日子，穿上单衣，开始做棉服，穿上棉袄，收好单衣，她对生命的消失没什么异议和表示，一任自然的喜怒哀乐。

眼睛花了，牙齿掉了，头发白了，皮肤松了，腿脚不好了，那就这样得了，没办法啊，活该摊上我老了。碰巧生病了，一把药咽下去，在农村卖的，很多都是过期药，不过没关系，顶多就是药效没那么好了，吃不死人，图个心里舒服，心里舒服了，病自然就好了。

想着那边的人们，用表抓获时间，人们用年龄捆住生命，原以为生命就是一大截儿的时间，一个又一个的段落，低起高走再回落，但是在那里，生命是一个功能，取消了时间的特征，生命不再有年龄的差别。漂亮的青春期，这曾经被认作是生命效率最高的黄金自然段，人该进入了，欣喜若狂；人必须走出了，悲哀沉静。

而现在，"青春不再"是一句没出息的失败者口号。生命难道是用来"被经验"的？在时间的轨道上想走就走想停就停？一堆兴高采烈兴奋莫名的游客们并不"把生命当作在生物学过程诸阶段的基础上所做的一系列不容挽回的决定而被记忆和珍惜"。

他们是开始他们还是结束，他们是起点他们还是终点。哼哼，也挺好，我是孩子我就是成年人我还是小脚老太太。我犯错误了，我就是小可爱，我要享乐了，我就是你姑奶奶！

一切全凭我主观促成，不就是"成熟"吗？得来全不费工夫啊，只要我能买得起三十岁女人买得起的衣物不就完了吗？脱了衣服大家都一样，什么也不懂什么也不知道什么也不信仰什么也看不惯什么也不改变什么也不支持什么也不推翻，两眼一闭双腿一叉接着干去吧。

你看看百货商场里的那一对对，那男人像你父亲那女孩儿像我妹妹，他们恩爱又和谐。

男人以为那是老成中和年轻。

女孩儿说这就是没钱的平衡钱多的。

男人的夫人说那是外遇激活无聊。

女孩儿的父母说这就是阶级反抗压迫最后都不成只能卖孩子了。

叫我如何尊重你？叫我如何不爱你？叫我如何不放肆？我根本不觉得你在山顶只是近黄昏而我在山腰横看成岭侧成峰。

你不是我的距离，你也不是我的标准，你不庄重成熟，我不青春活力，我们都是掰不断的刀戟，我们是鲜橙多厮混红太阳二锅头。

反正都已经乱套了，没钱没地位的就混搭上了！

11

天大晴。

天地一片大晴。

我在小路上走啊走，想去水库看看，想看看闸口。

漂亮姑娘——

母亲的一个小学同学叫王菊臻，长得非常好看而绝非招摇的漂亮，皮肤白皙而有弹性，身材纤细匀称，她的眼睛最让人记住，月牙儿似的眼睛里好像盛着一汪水，亮晶晶的，发着动人的光。她不用涂脂抹粉，脸上好像自然地抹着红胭脂，嘴唇儿厚厚的，颜色好像树上的大红苹果，红嘟嘟的，还跟打了蜡似的发亮。班里的同学都喜欢她，爱和她说话，说话的时候都喜欢看着她。母亲也是，老爱有事没事黏着她，上学放学都去叫她，母亲看着她的脸、听着她温柔的声音，好像自己也变美了，浑身软绵绵的。

有一天，王菊臻没在家门口迎母亲，母亲等了一会儿，叫了两声，屋里没人答应。天太冷，母亲就走了，觉着兴许是她出门早，没等到自己，快走两步，应该能在前头赶上她。

母亲急急地往前赶，今天的路好像格外长。路两边的树全没了叶子，树杈子直直地从树干上捅出来，有叶子的时候，母亲觉着它们相亲相爱，蓬松着懒洋洋的脸你挨着我我挤着它，现在叶子掉光了，大家的面孔就一下子僵掉了，脸皮都崩裂了，睁大一双憎恨的眼睛，都想把自己的硬骨头刺进别人的命穴。

树林子一下子就空了似的，但还是看不到头，一堆灰色的骨头扎在树干上，咯吱咯吱地磨着痒痒牙。真像一个铁笼子，最深的里头关着个什么东西。一个又一个的坟包不时地鼓出来，有的上头还飘着白纸灯笼，好像个裹着孝衣的人在磕头在前仰后合地哭。

风不大，但吹得很古怪，一会儿撩到前额上，拨弄了两下头发帘儿，一会儿绕到脚脖儿上，感觉走路很费劲，过不了两下，又缠住了脖子，往衣服里头钻，母亲一个哆嗦，从头麻到脚跟。

怎么还没看见王菊臻呢？就算没看见王菊臻，自己也该走到学校了啊。

下午放学的时候，王菊臻的座位还是空的。母亲到学校时，老师已经开始点名了，第二次叫母亲名字的时候母亲站在门口应了到，但是念到王菊臻的名字，老师点了三遍也没人应声。

王菊臻在家呢，她是中午回去的，早上她照平日里的时候在门口等母亲来，光站着不动太冷了，就寻思着慢慢地往前边走点儿边等。走了一截儿，王菊臻看见路中间有一股风打着旋儿地歪歪扭扭往她跟前儿来。王菊臻看进去了，站住了不动，旋风过来了，她还站着不动，细细的沙子离地卷成一个圆，那么轻，那么轻，走过来，把她圈住了，她在旋风里站着。

王菊臻人人都喜欢，人人都想多看她一眼，男的见了她那个乐啊，女的见了她亲近不够，她也不骄傲，也不耍浑。她就每天过她自己分内的小日子，拿手指头沾点儿唾沫，一张一张地数小票子。先把它们展开，摊平放在桌上，接着，用手腕儿去压呀蹭的，然后捋直了，叠整齐了，平平地放进她的小绿钱包里，再压在枕头底下。

家里土墙上画着些她的小画，拿铅笔画的，她妈在家里来来回回地走着干活,早就蹭得看不清花纹了,但是王菊臻也眼尖,一看她妈衣服把画蹭干净了,就又不知道什么时候把画给补上去了,乍一看,那花儿好像长出了墙似的,探起美美的颜面,也不吵吵着要水喝,也不催着赶着地跟人说饿,她就那么板正地递出颜色来给人看。

人们看着她,身体慢慢地软慢慢地化,一种额外的、稀奇的气味从自己的身上发出来,那偷浪出来的香味儿是叫人一辈子忘不了的野。人们眯着眼,咂吧着腮帮子,哎呀,王菊臻啊,在你一个人的身上,人们看到了整个世界的严肃和庄重。谁都不敢乱来,谁都安安分分,什么东西都服服帖帖的。

就是唯独除了它,它是天王老子,它想干吗就干吗。

王菊臻!你到底服不服?!

没撑过一年,王菊臻就喝药死了。

她跑回家去的时候,差点儿把她妈吓死过去,脸上全是皱皱巴巴的褶子,腮上的肉没了,脸皮垮下来,成了两个皮兜子,荡荡悠悠地垂到嘴角,嘴瘪下去了,嘟嘟哝哝得说不清楚话。那一双母亲朝思暮想日夜惦记的眼睛,毁了。眼皮鼓起很高,往外翻着长,上头还不时地要往外流蛋黄色的黏液,眼珠变成了雾蒙蒙的灰色,两个眼袋吊在颧骨那里,鼓鼓囊囊。脸色蜡黄蜡黄的,满脸长着一块一块紫红色的斑,像把几片被烙铁烫熟了的猪肉皮糊到了肉上。

没有人知道到底怎么了,谁也不知道,王菊臻不知道,我母亲不知道,谁也不知道,谁也不知道谁知道什么,什么都是不知道的,没人能知道谁知道,知道什么的人都是谁也不知道的人。

她被旋风给害了,大家都这么说。我母亲见了旋风就躲,我看见旋风就头皮发麻。紧紧张张地拉着旁边的人,快,快绕着走,别被旋风卷了。老人们说,旋风是从坟头里走出来的,还得回坟头里去,有的,就是想带个人进去。

王菊臻被死人害死了。

她长得太好看了,有谁不喜欢呢?

12

我呆坐在炕上半天,心脏咕咚咕咚地跳,从胸口跳到脖子。这几天,很少有人给我发信息和打电话,我也没有和谁联系,带来的书一翻没翻,看书不舒服,和你说话才让我乐和。

出来一下呗。

嘻嘻,让我说个笑话给你听吧。

有一天,太阳很大,天气很热,金黄的玉米被晒爆了,变成了银白的爆米花,这时候一只小鸟飞过玉米地,小鸟飞着飞着往下一看,以为是一片白雪,于是小鸟就被冻死了。

嗯。完毕。

我想啊,就跟那小鸟似的,冷笑话一只。生活好好的,什么事儿也没有,我就是活活自己把自己给吓死了。

除了自己吓死自己!我只有无聊至死!什么事情都没有,窗外起火了,我开心得忘乎所以!天哪!这就是起伏!

而眼前历史的斑马线上摩肩接踵,红灯绿灯挤着挨着暗送秋波,人嘴呼出的气息造成热浪翻腾:判断正误的那把红叉被融化了,变成"香奈儿"的标志;证明成功的胜利手势被"LV"的骄傲替代了,它成了成功本人。

这些即将爆发力量的芽芽们,就是那样的人,被卡在了人行道的斑马线里,既不会被挤到为衣食住行发愁的红灯区,也不会随人流赶去各种名牌闪闪发亮、享乐欲求畅行无阻的绿灯带。

就是给卡住了，腰杆儿卡细了，脸卡红了，脾气卡坏了，心理卡畸形了，手卡硬了，脑子卡死了。你说他缺什么？他什么都不缺，你说他有什么？他什么也没有。

社会情形一片大好，但我偏偏误会了这种安逸，认识偏差了大好前景，没被烫掉一身鸟毛，活活给冻死了。

亲娘的，我就是个冷笑话呗！想太多的死鸟活该！行，这样也挺好的，省钱了，白床单一裹我蹲墙角里，用不着买什么教你二十岁决定女人的一生、一百个人生锦囊故事这种破书了，活成神经病也是老子自己的事用不着这么一本衰书来调教！邪恶虚伪狡诈奸猾伪装贵族鄙视穷人自分阶级这种东西还用人来教？无师自通学以致用快得很呢！

13

我该回家了。

你就是随时埋伏在黑暗的顶里边的大板儿砖一块，无论我走到哪儿都得胆战心惊。

为了丢了你我把我的村子给丢了。它不是我的，它很陌生，完全不在我的想象里，无法用期待去改造。我甚至都没有走到水库就反身回去了，有什么好看的，肯定与母亲和我说的不同。可能已经没有水了，石板台也没有了，田地中间没有棚子，十字路口的小坑里没有卡着晶亮亮的弹珠。我连一条黄鼠狼都没见着！老故事都打背包走了，不是此处不留爷自有留爷处的豪情壮举，就是待不住了，必须走了，去哪儿了呢？啊？啊？

都上哪儿去了？！

至少你还在，我不羁的小马。

狍 子

1

经过一年多没日没夜的拼活儿，我终于获得晋升。会上宣读命令后，我回到办公室关掉待机三个多月的电脑，填请假单申请回家休国庆。

机场接上我，父亲的面色不太好看。车上，他对我带的大件行李箱表示不满，说一个军人走到哪儿都该轻装上阵，尤其衣服够穿就行。母亲说是她让我多带几件运动服，趁假期去乡下泡温泉，跑跑步。这话激怒了父亲，他认为这个假期我就不该回家，职级和岗位在同一年晋升调整，表明组织对我的信任，我应该带头加班。

到家，母亲热了一碗稀饭让我垫肚子。父亲让我先跟他上二楼书房，看看近一年没有回家，他在家搞的几处改造工程。他指给我看楼梯间新换的壁灯，竹制壁灯上有一个镂空的简写"万"字，是他托人在潮州用罗汉竹手工刻制的。进了书房，他指给我看书桌边白墙上新换的一幅字。自从搬进来，这个位置一直挂着沈醉写的一幅行书卷轴，姥爷在世时送的，沈醉自己作的诗：长剑高擎欲破天，奋身直到广寒边。割来星斗拼为月，挂向晴空但夜圆。诗后有三行小字：录五十年前旧作，除夕夜有感。现今，那里挂着一幅装框的蝇头小楷，《岳阳楼记》全文。

正想问父亲怎么收起了沈醉的字，他伸手指向书柜对面那堵墙。之前的梅兰竹菊水墨四条屏摘了，取而代之的是我十一岁时写的一组大楷，四幅卷轴。

岱宗夫如何　齐鲁青未了
造化钟神秀　阴阳割昏晓
荡胸生层云　决眦入归鸟
会当凌绝顶　一览众山小

这首诗当年写了两幅，父亲装裱一幅留到今天，另一幅邮寄给了在老家的父亲的大哥，我的亲大爷。有一年，大爷喝多了撒酒疯，拿打火机点了其中一幅，堂姐冲上去抢，也还是烧坏了。父亲电话里听说后，催促我再写，堂姐来家里暂住时也跟我提过。我就是拖着。

"这字现在让你写，都未必有这么好。"父亲抱起胳膊，欣赏地说。

"干吗把这个挂出来？"我问他。

"这是我家，想挂什么挂什么。"

"有什么意见可以说，别吵。"我说。

"这是你和老子讲话该有的态度吗？"父亲不看我，只对着墙上的字说话，"看看，用这几幅字把原来墙上开的洞都挡住了。"

"你把网线拆了？"

"光缆一进来就在墙上打洞，破坏布局美感。"父亲说，"我也不需要上网，你和你妈自愿被这种东西监视控制，我不愿意。"

"那你别吃饭了,吃饭也是被生理控制。"

"好心邀请你上来看看我做的一点小建设,你非要带情绪。"

我看了他一眼。"是你有情绪。"

"和小布尔乔亚多说无益。"他仍旧望向墙壁。

夜里九点多,小区的路灯亮了。树梢上挂着的,靠灯盏近的青柚子被耀得发白。棕榈树的硕大叶片青黄不均。不少人家在屋前的水道里养了锦鲤,一群群的,在荧荧烁烁的灯光与喷泉搅动的水沫里游梭。随处蔷薇铺散,金桂芳馥。

母亲带我看了新近装修的几座宅院,都打理得草木繁茂,花气袭人。母亲问我,怎么突然戗着父亲了。她印象中前些日子我打电话来说起晋升的事,父亲还很高兴。

我告诉母亲,回家之前有一天父亲来电话,先祝贺我的工作调整,之后父亲忽然说起那个烧我字的大爷,他的儿子,我从未见过的堂弟。说堂弟在黑龙江的边防巡逻艇大队当三期士官,前阵子代表旅里参加军区比武,立了二等功。父亲的意思是,既然我们单位的报纸每天都要采编全军部队新闻,不如到堂弟的部队采采稿。我没等父亲说完就打断他,跟他讲这个建议实现不了。部队每年有多少人立二等功?给每人都写篇报道不现实。再说,刚到新岗位就打自家算盘?

"你也实在,"母亲说,"你先答应,回头找理由说有事去不了、没时间不就带过去了。"

可那天赶上会稿,烦躁之余又疲又乏。何况堂姐的事让我对大爷和那个没见过面的堂弟没有好感。

那天没等我说完父亲就掐了电话。晚上加班到十点多,我又拨去电话,父亲没有接。半小时后,父亲发来一条信息,大意是他本以为我经过社会磨炼与自我修养，已成长为一个有品德的好孩子，没想到还是事不关己高高挂起的自私自利之人，只图个人安逸而逃避承担责任的小人。

自私。小人。

我边看信息边回忆，上一回和上上回被同样的话教训是在什么时候。

第一回是在小学二年级。父亲升任营长，每天忙着收拾新兵，母亲在办公室干着会计兼文员，俩人都腾不出时间管我，父亲便把奶奶从老家接过来。奶奶来时将比我大五岁多的堂姐也带上了。

一天，奶奶擀了碗鸡蛋面条叫堂姐端给我。我尝了一筷子觉得不合口味，就从碗里揪了两根面条往堂姐头发里塞。堂姐拉住我的手，不让我胡闹。来回推搡两下子我一下生气了，拧住她的胳膊大喊道："叫你来就是伺候我的，老子说什么你都得听！"

父亲赶回来取落在家的军帽，推开门一字不落地听见了。

父亲罚我跪在筒子楼的过道里背诵《增广贤文》。赶上下班，谁见了我都要问一嘴为什么又被罚跪。父亲出来遇上了就给人家解释，说我这个孩子别看岁数小，良心很不好。

周末，父亲将我带到离大院不远的一座大酒店的三角花园跟前，让我给一位老头鞠躬。我鞠躬时，那位老头也放下手里的鞋刷，从小板凳上站起身，向我点头还礼。父亲给老头五十元钱，用力拍了两下我的头并往前一推，说师傅您受累操心，让我女儿好好跟着您学习，希望您能把正经八百的手艺传授给她。

擦皮鞋的师傅在解放前就加入了市擦皮鞋工友协会。协会发给他一枚刻着协会全称的铜牌，金黄锃亮，钉在他工具箱正面显眼的位置。师傅曾给程潜、陈明仁擦过皮鞋。黄克诚主政时，请他到蓉园宾馆为苏联专家擦过鞋。

那时冬天,师傅干活儿不戴手套,也不许我戴。盛在各色圆筒小盒里的鞋油都是进口的,沾在手上被风一吹,手背就裂小口子。跟着师傅中午吃饭也从未按时按点,永远一碗榨菜肉丝宽粉,一刻钟吃完。粉挺好吃,就是不顶饿。师傅也很少言语,与人交流大都靠表情手势。

没干几天,姥爷领着一位老头来了。姥爷说是来考察我手艺的。而享受我擦鞋服务的是他的挚友黄先生,西南地区交谊舞的头把交椅。当年由蒋介石和宋美龄亲自挑选送去美国学习交谊舞的十位青年舞者之一,专为在陪都重庆的社交场合陪同外国使节及夫人而培养。我擦鞋时瞄了几眼这位穿着背带裤的跳舞老头,并不认为他在气度上赢过我的擦鞋师傅,很为师傅不甘。

为跳舞老头擦完鞋,姥爷牵着我回了家。不是在父亲单位的家,而是姥爷的家。我那时还小,却全然明白姥爷的意思。他这是不满意父亲的做法,等着父亲来给他一点难看。

姥爷当年随陈毅元帅南下,母亲是他和北方老家第一位夫人生的独女。他在南方落下脚后,休了原配,娶进门一位护士长,又得了一个女儿。认识母亲之前,父亲是原军区司令的警卫员,每日陪老司令读书练字。为了讨父亲来做姑爷,姥爷把客厅里一张八仙桌抬给了老战友,请他割爱。

母亲当初看不上父亲,也不理解姥爷的安排。后来,跟姥爷要好的战友给母亲讲,姥爷觉得尽管母亲在他身边不愁吃穿,可二姥姥不是生母,下面又有小妹,怕会有寄人篱下的想法。加上母亲随大姥姥,心气高,凡事好讲自尊,要是找一户所谓门当户对的少不了受气,回娘家诉苦心里还隔着一层。不如找父亲这样的苦出身，一是坯子好，成长空间大，二是守规矩，心眼好，这样才会对母亲一辈子负责任、讲感情。

不过当初的情况是母亲不想嫁，父亲也不愿娶。那时父亲正准备参加文化培训班，进而考军校。父亲想通过个人努力获得进阶，不愿被战友指指点点，说他出卖爱情换取靠山。何况父亲每回跟着姥爷来家里吃饭，母亲都故意别扭，给父亲盛米饭时只舀掺在饭里的红薯块。二姥姥瞪她，她就说父亲又没带着粮票来，他多吃一碗其他人就只够半饱。

至于母亲怎么接纳这桩婚的，据说是有一回姥爷让父亲去母亲单位办事，中午在母亲宿舍吃面条，父亲开了几句母亲的玩笑，母亲一生气，起身时把半锅面条碰倒了，洒了一床。这时母亲的领导正好提着罐头来敲门。情急之下，父亲一把抖开被子，往烂面条上一盖，锅往里一塞。掏出手帕擦净桌上残留的面汤后揣回兜里，跨步上前打开门请领导进屋。

母亲问父亲怎么反应那么快，父亲说，他知道母亲把面子看得比命还重，那他凡事就先以面子上过得去为第一要务。再后来，父亲攒了三个月的工资，请母亲去理发店烫了一个带卷的蘑菇头。母亲把剪下来的大辫子卖给理发店，回请父亲吃了一顿西餐。

结婚以后，父亲事事都听母亲的，不听母亲的时候，就得听姥爷的。据母亲说只有一件事父亲坚持己见，那就是给我起名字。我出生后不到一个礼拜，父亲就定好了我的大名，叫万山红遍。母亲听了说拗口，姥爷说这是瞎胡闹，刚和日本人打完没多少年，就给孩子起个四字的日本名。父亲说可以将万山看作一个复姓，而且日本大力支持中国改革开放，不是鬼子而是友人了。

姥爷还要坚持否定意见时，父亲抱起我说，别的我全说了不算，可自己的孩子叫什么，这回必须说了算。这句话说动了一向知轻重的母亲，也间接给她提了个醒，她知道对人对事都要讲分寸，不能一点余地不给人留。自从派出所给我登记上万山红遍的名字，我就成了父亲一生中为数不多说了算的试验田。他竭心尽力，要将我培养成他理想中的、美好的人。

事不尽如人意。

跟这回叫我擦皮鞋一样，父亲只要一收拾我，姥爷就会出面。父亲到姥爷家时，姥爷将他叫进书房，翻出文件夹里的剪报念给他听。文章是专家写的，大意是儿童教育不能棍棒先行、简单粗暴。二姥姥配合姥爷，等父亲听完姥爷训话出来，才叫我掏出手来擦冻疮药膏，让他站在一边看我红肿的小手。

晚上，父亲把我驮在自行车后座上推着往家走。父亲说，姥爷那位跳舞的老头朋友，从前就认识我的擦鞋师傅，故交。擦鞋师傅年轻时是省城有名有姓的少爷，每逢农历九月干爽天，家中成堆的名家字画挂出来晾晒。用人将家中宅院水塘里的竹筏解开划走，少爷就站在船头遥遥看赏。可惜师傅好赌，又赶上一把文夕大火，才干起了擦鞋的谋生活计。跳舞的老头当年进入侍从室后，回乡探亲时还找师傅擦过一次白皮鞋。

看我不搭腔，父亲给我道了歉，继而又讲道理。父亲说，我对堂姐说的屁话伤透了他的心，他从不指望我日后多有出息，至少是不会讲出这种话的自私小人。他叫我去学擦皮鞋，是想改造我，帮助我成为懂得尊重他人的人。可这一点，包括我这个亲闺女也不能理解，只觉得是无情的惩罚，而不是爱。

第二回被父亲骂自私小人和第一回相似。四年级，到一位新请的老师家学书法。父亲下楼修手表,我在屋里跟着老师临摹欧阳询。老师是刚从县城文化馆调来少儿图书馆的文化教员,妻子每晚在文具店帮老板看店,他一边上课一边带着两岁的小女儿。

那天他正握着我的手描红,教我写一道横的起承转合,女儿躺在床上一直哭。忽然,他松开手,起身走到书架前拧开酒瓶盖子抿了一口,再走到床边抱起孩子喂给她。摇了两下,孩子不哭了,他才放下孩子过来继续带我练字。

新请的老师有个习惯,每教完一个结构都要问一声会不会了。那天也许是酒气叫我心烦,或是哭声持续太久,我没有照往常随口说会了,或就点点头,而是把毛笔朝砚台上一丢,说:"什么都会了还用得着花钱找你吗?"他听完退到床跟前坐下,眼眶越来越红。当晚就向父亲请辞。

那一次的改造是在情人节那天去电影院的广场卖花,父亲托人批发了一塑料桶的玫瑰花让我一个下午卖完。为了叫我心里痛快,姥爷差二姥姥去日本人独资新开的商场里给我买了一身真维斯,一双纽巴伦旅游鞋。那桶花,我卖了一半送掉一半。反正没人能靠着卖几朵花就变成好人,过后就有了令父亲极为失望的第三回。

高一,妮妙和我同桌。她初三时查出有糖尿病,到那会儿每个礼拜都要去医院抽两管血化验。妮妙的父母有一家服装公司。妮妙的父亲在妮妙确诊后不久,带着他在公司做财务的情人和公司的钱走了。在那之后,只要妮妙想要的、想做的,她母亲都会尽量满足。

妮妙在我之前还有一个同桌。一天,我进厕所拿拖把回班里值日,碰上几个女孩围着妮妙之前的同桌。一个女孩指挥她站到长条便池最靠后的一个蹲坑里,另一个女孩走过去拉下水阀拉绳,冲出来的水泡透了她的裤筒。我经过时看了一眼,她正低着头,在那几个女孩的要求下敬着队礼唱少先队队歌。

拖完地回到座位,妮妙还没从医院回来。我弯腰捡笔时看她堆在抽屉里的书,很想搬出来帮她理一理。

没隔几天,我被父亲叫去他的团部。班主任找父亲谈了话,指出我作为一名学生,尤其是一名军人的孩子,身上存在严重的道德问题,比如说正义感缺失。被欺负了的女孩说那天我作为值日生路过厕所,目睹发生的事却没有向老师报告,并继续和对她施加伤害的妮妙有说有笑。这足以证明我是非不分、黑白不辨。

我试图对父亲解释,妮妙的前同桌以前和妮妙很要好,妮妙信任她、喜欢她,只要她夸赞妮妙的哪样东西好看,妮妙就毫不犹豫地送给她。一天,有个街舞队的男孩课间来找妮妙,说自己得了尖锐湿疣要做手术,问妮妙能不能借一千块钱给他。这个事叫妮妙很为难,就向同桌女孩说了。同桌女孩扭头把事情编派一遍传了出去。等我听说时,这事已成了妮妙和她男友都患了见不得人也治不好的病,正在四处借钱,糖尿病只是幌子。

我还想对父亲说,如果妮妙曾对同桌女孩恶意相加,我那天会在厕所里为她说话,以及她如果不是接受过妮妙的文具盒、耳环、板鞋等好意,她传这些小话也没有人会打抱不平。她是妮妙最信任的朋友,造出那些谣言才活该站在厕所里被冲水。

那时的我没有对父亲做半个字的解释。

小学一次值日,前一节课的老师拖堂,下一节课的预备铃声已响,而黑板只擦了半边,我就找来拖把举着擦黑板。来上课的老师看见后叫我放下拖把,在讲台边立正站好,说要给我单独开一场批斗会。我不懂批斗会的意思,回了家问姥爷,姥爷沉了沉说:"批斗会就是只让别人骂你，而不许你做半个字解释，除了认罪认罚。"姥爷教我，不言声是让一切最快过去的办法。

回到家，军姿跨立面壁半宿之后，有近半个学期我拒绝与父亲交流，和他说话也很少带称呼。

那年刚放暑假的第二天，父亲翻出我的身份证扔到饭桌上，让我暂停补课，先去堂姐打工的饭馆应聘短期工。那时堂姐辞了老家的工作来投奔我们，父亲安排她在离大院不远的饭馆打工。因为我看起来十分非暴力不合作的白痴态度，父亲坚持让我吃住都在饭馆，打工期间任何时候都不许回家。

那时父亲已是团职干部，姥爷岁数也大了，开始以姑爷为荣。母亲对话语权的掌握明显不如从前，只好由着父亲安排对我的道德突击教育。

本来心存侥幸，希望饭店经理看我刚满十六岁就打发我走。但经理瞄了一眼我的证件就揣进兜里叫我去领工装，说身份证先押在他这儿，离职时再还给我。堂姐假装不认识我，在经理和我说话时跑过来擦桌子，经理就朝她招招手，叫她以后带着我。

起初几天我过得憋屈。穿惯了旅游鞋，现在要穿假皮革的高跟鞋，站久了、走多了老起水疱。每天三顿饭清汤寡水，不是白菜就是冬瓜，看客人满嘴油就冒火。每人还有酒水任务，一个礼拜得上交五十个啤酒瓶盖子才能拿另一部分绩效工资。好在白酒不硬性规定，谁销出去一瓶就有提成。起初嫌弃客人剩下的饭菜，等饿了几天，包厢客人一走，不用堂姐叫我就推着收餐盘的车子往里冲。进去把椅子上的罩布一掀，跳到椅子上蹲着，用手拿起来就吃。堂姐教我为客人点单时怂恿他们多点主食，那些年流行点一桌剩半桌的吃请派头，主食吃不完剩下就是我们的了。包厢饭菜油水大，我和堂姐的身材都跟叫气吹起来一样，腮帮子也撑开了。

我和堂姐跟另外两个女孩住一屋，两张高低铺。其中一个女孩老出去找男朋友，一般就我们仨。除我和堂姐之外的女孩叫阿乖，广西女仔，对我和堂姐有一股神经兮兮的义气。

二姥姥生的敏敏姨妈从美国回来探亲时，姥爷带着家里人来饭馆捧我的场。堂姐特意安排我去招待。姥爷没从家里带酒，而叫经理过来开了一瓶五粮液。我倒酒时，父亲不停拿手指头在桌上敲，搞得我手抖和尿急。和父亲要好的姨父没有和姨妈一同回来，父亲小有失落。敏敏姨妈说，姨父带了几个学气功的洋徒弟，最近正陪徒弟们参加表演赛，一时走不开。

敏敏姨妈带了一台小电脑要送给我，往外掏了好几次都被父亲挡回去。父亲说这顿饭是来验收我的良心改造工程，大家要严格按照客人的做派和流程。为此他刻意差遣我，一会儿茶水不够烫，一会儿骨碟该换了。我跑前跑后，直想把垃圾筐套他头上。

堂姐过来帮着添茶水时，向姥爷和敏敏姨妈打招呼。敏敏姨妈随即从包里拿出一个红包、一瓶香水塞给堂姐。堂姐红着脸望向父亲，父亲叫她揣好礼物，去别的桌忙，不用再过来。过会儿父亲端起酒杯，先碰了碰母亲面前的酒杯，之后给敏敏姨妈斟上半杯酒，俩人举杯，各自饮下。

吃过饭，大厅的客人快走空了。姥爷扔掉牙签打了几个哈欠，表示吃得满意该回家午休了。父亲意犹未尽，执意要我再展示隐藏的劳动技能。我只好推来亮晶晶的不锈钢餐具车，将清空的盆碗盘子一股脑收上去，再把盛了水的洗涤盆从车上搬下来。起初大家还在有一搭没一搭地聊天，当看我在满是洗洁精泡沫的洗涤盆里掏出餐盘，在另一个清水盆里涮涮就拿出来用餐布擦干摆上桌时，所有人都不吭气了。

二姥姥问我，他们刚才用的餐具是不是我洗的。我一面涮一面点头。我还没有说，每天早晨开包厢进去铺桌布，都碰上老鼠在餐桌跟前蹿上跑下。老鼠在餐盘上踩出来的脚印子，被我们拿餐布擦掉了。

那餐饭后，只要在外边吃饭，不论小馆还是酒店，父亲都要求服务员先上一壶开水，他要亲自把餐具烫一遍才肯用。遇上有服务员垮下脸来，父亲就会对人家讲，我女儿当过服务员，你们刷的那盘子还不如牵条狗过来舔一遍。

在饭馆干到快二十天时，我接了一桌包厢客人。上一桌客人留下的瓶盖子还在我的裙兜里叮叮作响。我想一会儿可以撺掇他们多点两件啤酒，新得的瓶盖子匀给堂姐和阿乖，让她们在其他服务员跟前牛气一点。

客人的确点了不少，还要了四瓶茅台。一下赚到几百块提成的虚荣陶醉了我，包厢门窗紧闭，散不出去的烟酒气又搞得人昏昏沉沉。记不清是第几轮倒酒，伸出去的胳膊突然被人拽住。再清醒时，我抱着酒瓶子坐在一个人腿上。我赶快跳起来，放下酒瓶想往外走。

这时有人起身挡住，拿起一个斟满的酒杯递给我，命令陪他喝个交杯。我头脸发烫，右手未经大脑反应就已将酒泼在他脸上。几乎同时，一记耳光抽了过来。我没感到多疼，只觉得鼻腔灌进一股凉风，面颊发麻发涨，什么也听不到了。模模糊糊看见包厢门离着不远，但肯定是走不过去了。我抄起一个酒瓶朝那扇门扔过去，酒瓶砸中了包在门板上的海绵。

阿乖跑进来时，堂姐已扶着我往外走。包厢门口，堂姐将我向外一推，就转身进去闭上了门。我贴着走廊一侧的墙脚蹲下来，看经理在前厅指挥上菜。这时门被推开，那个被泼了酒的男人歪歪斜斜地走到前厅开始喊叫。

转过头，从打开了又慢慢合拢的门缝往里看。堂姐母狗似的趴跪在地毯上，阿乖背对着门，双手撑在堂姐背上拿大顶。工装上衣倒滑下去，遮住阿乖的脑袋，留出一道内衣扣带。堂姐那被我拧过，擀面棍似的胳膊，这会儿撑在地上，又白又鼓。

经理朝我走过来。我起身时吐了一口黏涎，眼睛不花，耳朵也能听见了。经理让我倒三杯酒来向大哥道歉。我说我不干了。经理说好啊，那工资一分没有，倒赔一千块钱作为大哥的精神损失费，不然别想要回身份证。我没吭声，也忘了脱下工装，就径直走出饭馆。

从饭馆出来，我钻到大院和饭馆之间那座立交桥下的花坛草丛里睡了一觉。醒来时，当服务员好像是上辈子的事了。

傍晚，宿舍里。阿乖蜷在床上，床边摆着吐了不少脏东西的脸盆。堂姐穿着背心短裤，站在床前吹手持的小电风扇。

堂姐从阿乖兜里摸出我的身份证，用手背擦了擦才交给我。

"都是她的汗，她太能出汗了。"堂姐说。

"怎么把身份证给你了？要钱了吗？"我问。

"你告诉我三叔了吗？"

"没说。"

"你别告诉他，我在这儿干了快一年了，还想接着干。"堂姐说。

"问你要钱了吗？"我又问她。

"没要，阿乖有办法。你没上过班，你不懂。"堂姐说着拨了拨我前额湿漉漉的头发。

小学时，父亲还曾为我找过一位书法老师。老师住在省杂技团的院子里，每回去上课，都路过杂技团的练功楼。顶楼，练功房硕大的窗户常年开着。回回走过，都能看见有人从看不见的地方弹跳至高空，在窗户间闪现复又落下不见。一天，一个岁数很小的孩子在窗前频频闪现，时而展开成条状，时而卷成个团。眼看要飞出楼去。我原地不动，仰着头看迷了。父亲把我拍醒后，我弯下腰吐了。在那之后，任何与杂技沾边的节目我都不能看，哪怕是拿大顶。

2

和母亲走到院子东侧高尔夫练习场的围栏下，沿着高高的网往北边走。虫鸣阵阵。被垂柳和蒲苇环绕的小湖波光粼粼，栈桥下潮湿的深褐色泥土有奶甜的草腥味。临湖改建的一座独栋还未熄灯，越过杨梅树的枝梢，从二楼的玻璃窗能看到屋内金铜色的枝形水晶灯，白墙边的罗马立柱。主人自建的延伸至水面的防腐木看台，多次被物业在群里通报为应拆除的违规搭建，与水景十分相称。绕过水系行至前院，楼前正庭入口处，两株对节白蜡掩映大门。

回到家时，父亲卧室的房门已关上。桌上有张字条：

> 建议明天先让红遍给姥爷上坟，酒菜我已准备好，车子也加了油。明早八点起床，早一点出发。泡温泉后天再去不迟。

我叠起字条收进衣兜。

第二天一早下楼吃饭。父亲卧室的门开着。花园里有浇水的声音。堆在栅栏底下大大小小的花盆，母亲说是父亲捡回来别人家扔掉的，没死透的盆栽和盆景。小院如今的布置毫无章法。

"天天下雨他还天天浇水,有病。"母亲说。

"他去见汪叔了吗?"我问母亲。

"不见。"母亲说,"我要他别和得病快死的人过不去,就不听。"

我向外看了一眼。父亲正在锯一棵香椿的树头。

到了姥爷和二姥姥合葬的墓前,父亲放下提篮,从包里找出纸,半跪着擦拭墓碑前的供台,之后拂去落在骨灰冢子上的碎树叶和香灰,把小香炉里的蜡抠出来扔掉,插上刚在陵园门口新买的红烛和香。我把彩纸扎的灯笼插在旁边小柏树苗的树枝上,拿出提篮里的盘子和碗,打开保鲜袋里的炸鱼块、藕盒、饺子和水果摆上。母亲取下墓碑上原先褪了色的花环,挂上一条新的紫藤绢花,又将一篮菊花摆在墓碑下的牌位前。

父亲去墓园门口的铁桶里放鞭炮。我和母亲摊开塑料袋,摆在狭窄的过道间。鞭炮一响,我和母亲就在塑料袋上跪下来。

"爸妈,红遍来看你们了。"母亲说。

鞭炮声停后不久,父亲回来了,我和母亲刚磕过头站起身。父亲走过来跪下,从包里摸出一个文件夹,拿出张报纸摊开了放在墓冢上。

"爸,这是红遍编的报纸,她以后在外边跑得少,坐办公室多。我带了她编的第一期报给您和妈看,一起高兴高兴。她现在宣传的都是歌颂光明,引导人向善的。孩子没有走歪,你们放心吧。"说罢,父亲磕了三个响头。

烧过纸钱、冬衣和元宝,父亲从每盘菜里夹出一点放到一旁的柏树苗下,将酒洒在墓冢上。收好盘碗,每个人又再跪下给姥爷和二姥姥磕头,告诉他们在那边多保重,我们过年时再来。

提上篮子，父亲提议从西边绕回主路再上车。母亲接过他手里的篮子，让我跟父亲绕一圈，她膝盖疼，先回车上。

跟在父亲后边走出东侧的半山腰。北边是一小块平坦地。
父亲带我走到一座墓碑前，墓碑上立有一个中年男人的头部铜像。头发飘散，目光如炬。神情愤世嫉俗。
"带你过来鞠个躬。"父亲背着手，站在墓碑前望着我。
我这才看清墓碑上的字。是莫应丰的墓。

我们走到一个凉亭边。这里视野开阔，可以看到东、南、西三面山坡上的墓群。父亲走进亭子，找了张石凳坐下，趴在石桌上托着腮看向远处。亭子旁边有一组小沙弥的石像。
石像一共七个。从闭目合掌、整个身子立在外边的第一个沙弥往前数，每个沙弥露出地面的身体部分越来越少，最后一个留空的位置，只有一片青草。
"挺有意思的，从有到无。"我说。
"你这个年纪应该倒过来看。"
"你回来之前。"父亲说，"有一天我在花园干完活儿，站到台阶上看看劳动成果。新栽的竹子又蹿高了，假山上的金钱草也养活了，虽然石榴树不结果，花开得朵朵是双瓣儿，好看。但是你猜我当时有个什么想法？我想把树砍了，三角梅拔了，把整个园子一把火点上烧了算了。"
"还因为汪叔的事心里难受吗？"
"你们不理解。"父亲说，"如果那时候他换个时间，不是在你大爷第一次中风那段时间搞我，我不会这么恨。站队不同，搞斗争嘛。可就是那个寸劲，正好你大爷病了，上边也来人查我。你大爷醒了第一句话就是问三儿回来没有。你二大爷怕他多心，还不敢告诉他我出了事，就说三儿带部队去演习，手机缴了，联系不上。可是你大爷听不进去，就觉得我没良心，从那以后，见你大爷主动给我打过电话吗？你汪叔想见我，好卸下他心里的包袱，那我的包袱卸给谁？"

"别激动。"我说，"小心你的血压。"

"我是惭愧。"父亲说，"你爷爷走的时候我还不会下地走道，长兄如父，说的就是你大爷这样的大哥。你二大爷只管自己升官发财换老婆，你奶奶在南方又住不惯，养老送终都是你大爷在管。我亏欠他。"

"不是不想帮，"我说，"实在是能力有限。"

"没有人求你。"父亲看了我一眼，"我和你大爷的关系已经这样了，尤其你姐姐又没了。至少你和你弟还能建立联系，你们是亲人。我十六岁出来当兵，再和你大爷、二大爷见的面屈指可数，年轻时候也把不少战友当亲兄弟看，可是怎么样？你汪叔的事对我打击很大，利益面前，不是一家人可能就靠不住。"

"是一家人也靠不住，同学做律师的，说能想象吗？递诉状的绝大多数是自家人告自家人。"

"而且你有什么可自责的？"我又说，"虽然人没回去，每月一张汇款单不比你每月回去一趟更科学？"

父亲突然站起来，神情变得有点像刚才看见的莫应丰铜像了。

"你有什么……什么资格说这个话？你和你妈总认为我偷偷拿了多少钱给你大爷。事实上给了吗？我每月的工资都是透透明明，一分不少全拿回了家。我要是贪了钱，现在还能来陪你看姥爷姥娘？就轮到你们去看我了！"

"这你也要抱怨？"

"我没有抱怨。"父亲说，"可我对你大爷有愧。你大爷年轻的时候能写一手好字，会唱样板戏，会双手打算盘。当年他想当兵，想走出去见世面，是大舅不让他走，说你父亲没得早，下边两个弟弟，你走了谁管他们？孤儿寡母就等着受欺负吧。你大爷听了大舅的话，一辈子没走出那几亩地。论聪明才智，他比我和你二大爷加起来还强一万倍，可那时候他不牺牲，我们俩眼前就还在老家扛锄头，能让你和你妈住上这样的大房子？"

"你要这么说，那就和你算算账。"我伸出了手指头，"姥爷过世之前给了一笔钱，二姥姥头脑还清楚的时候给了一笔钱，敏敏姨妈和姨父感谢你们照顾二姥姥又给了一笔钱，最后我读军校还给你们省了一笔钱，这也跟大爷有关系？他对姐姐怎么样你很清楚，你想让我怎么看他？"

"他小学都没念完，能指望他有多高见识？要是他手里有两张饼，他肯定自己不吃也要给俩孩子一人一个，可他只有一张饼，能怎么办？"

"你妈那天在网上看文章，给我念了一篇故事。"父亲说，"七十年代一个工厂里边有个工人买了块手表，工友看见了很喜欢，有手表的男的就逗他，说你要是把路边那坨屎吃了，我就把手表送给你。工友一听二话没说，跑去把屎吃了。但有手表的人又舍不得这块表了，不想给。工友说你不给可以，那你也得吃一坨屎。这人想了想说可以，就吃了。可是呢，有手表这人吃的屎是新鲜的，吃完没事；那工友吃的是干屎，有毒，给吃死了。当时咱国家《刑法》还不完善，就判了那个有手表的小年轻反革命赌博罪，十五年大牢！你想一想，要是两个人都不缺那块手表钱，谁他妈抢着吃屎！"

3

住在温泉酒店的几天，我和母亲上午在山里跑步，下午泡温泉，晚上在俱乐部玩牌、搓麻将、打保龄球。无论做什么，包括吃饭，父亲都不参与。他叫我们不要管他，他要清静。

"你说他会不会抑郁？"我问母亲。

"不要中计。"母亲说，"他上回说想和老二赞助他大哥到市里买套房子，我没吭声。找你帮他侄儿抬轿子，你也没答应。他在唱苦情戏。"

"二楼卧室阳台外边，露台上那一排竹子看见没有？"母亲说，"全是他扛上来的。我说你突然栽这么多竹子做什么？他说挡住视线啊，防止他从楼上跳下去。我说你跳个辣子，存心找死你挑个二楼？"

母亲不是二姥姥亲生的，却有二姥姥的性格和神采。听父亲讲，二姥姥的生母是个苗族女人，某天被日本兵绑走了。可日本兵没有杀她，过了几个月她又回到村寨，之后生下二姥姥。二姥姥满月后不久，二姥姥的生母去井边打水，被她两个哥哥从后边一人抱住一条腿，掀到井里去了。事后二姥姥被放在河边草棵子里，被隔壁寨子一户有三个男孩、就想要个女孩的人家捡走。

二姥姥十四岁时，姥爷干革命路过村寨，住在二姥姥家。二姥姥那时的父亲是寨里的头人，数他家房子大，国民党来了要住，土匪路过要住，共产党经过也要住。姥爷住下来的那段日子，楼下是他们共产党，楼上就是国民党，两拨人穿着便装，彼此相安无事。姥爷不久后跟着部队开拔，之后一直给二姥姥家寄钱和书信，让二姥姥进学校读书认字，等二姥姥二十岁时就娶了她。之后姥爷安排二姥姥进医院工作。进省城后，又让她当上了单位的办公室主任。

因为着实美得惊人，二姥姥的艺术彩照一直挂在凯旋门照相馆里直到照相馆关张。二姥姥不但因为姥爷一生至死无忧（只在临终前卧床一年，插着喉管受了点罪），还救了抱养她的头人一家。在革命有望胜利之时，姥爷托人带话给头人让他早做准备。头人把房、田、牲口等家财都分散出去，只留下吃饭度日的一点保障，之后种种运动都没有叫他遭殃。

父亲常说，二姥姥一辈子没操过心，什么都是姥爷张罗好的现成饭，张嘴就行，因此心大得很，天塌下来也睡得着。母亲也是，从小被接进城里，嫁给父亲后，她的生活和外边儿又始终隔着父亲。她不用懂这个挡板在想什么。挡板牢靠就行。印象中，仅有一回母亲拿父亲没了辙。

一年春节，父亲接奶奶来家过年。火车到站那天，母亲从单位赶回家煮了一锅饺子。父亲值完夜班回家一开冰箱门，气得摔了帽子。父亲说，老家讲究"滚蛋饺子迎客的面"，奶奶刚进家门，母亲就给奶奶煮饺子，究竟什么意思。

父亲说，奶奶也是一位老地下党。解放后，组织上选调奶奶和另一位妇女干部去县里工作，可奶奶的婆婆不同意，说家里男人、孩子、老人都得奶奶照顾，她不能走。过了些年，奶奶的那位战友坐着吉普车回到村里，去田里看望正在耙地的奶奶，送了她一个热水袋和一件毛衣。父亲说他告诉母亲这些，就是希望她不要小瞧老人、怠慢老人。母亲听着掉了泪，说自己的妈也再嫁了个务农的人，难道她会看不起自己的妈？母亲又说，打小在南方生活，只知道北方人一有好事就包饺子，是最客气的饭。

国庆假期结束前一天的中午，父亲和母亲吵了一架。起因是物业的小柳来家里收物业费，和母亲说起她老公，小区前门的一个保安，早晨被一位业主用路边捡的砖头开了头瓢。

母亲仔细问了问，发现砸人的业主是住在我们前栋的一个小伙儿。早晨，那小伙儿开了一辆新买的车回小区，新车没装智能识别，道闸没有自动抬起来。小柳的老公请他下车登记车主信息，他一脚油门撞开道闸，停车下来，到路边捡起一块砖头过去拍了小柳的老公。拍完，又大骂小柳的老公。小柳对母亲讲，打也打了，骂也骂了，刚才她去收物业费，提了一句赔偿医药费的事就被轰了出来。那个人说他感觉受了侮辱，往后一分钱的物业费也不会再交。

母亲把这个事讲给父亲听，说到小柳的老公是不是当时态度有点问题时，父亲突然起了高调。我跑完步回到家时，正赶上父亲在喊叫：

"态度不好也不至于要挨一板砖吧？谁有钱就替谁说话？"

"你讲不讲理？"母亲说，"谁那天跑回来跟我说那个小伙子挺不错？说人家一打开车门，咱狗就跳上去了，爪子扒到人家座椅上，人家不但不生气还掏手机照相，夸咱狗养得油光发亮。"

"那又怎么样？他对人还不如对一条狗。"

"那小柳的老公怎么对一条狗？拉拉被车撞死以后，你抱着拉拉在那儿掉眼泪，衣服上全是血。小柳的老公跑过来就问这条死狗我们还要不要了，他们想拿回去吃。你听到了大骂小柳的老公猪狗不如，回来一边在院里挖坑，一边还在骂……"

"骂完了我到今天都后悔……"父亲突然说不太出话来，"他要是顿顿吃得上肉，会惦记一条死狗？"

午后，父亲提着一壶水上了二楼。

父亲坐在阳台的茶桌前，身后是滚沸的水炉子。我拉开椅子坐下，把一碟炒米放在茶盘上。父亲看了一眼，过会儿又看了一眼，伸手把碟子从茶盘拿到桌上。

"量血压了吗？"我问他。

"我最近感觉很失望。"父亲说，"不是对别人，是对我自己。"

父亲关掉身后的水炉子，从抽屉里拿出一把壶摆进茶盘，冲洗一道茶具，从窗台上的铁盒里夹出一块茶投进壶里。

"和你妈不是头一次为这种事吵了，"父亲说，"候鸟从咱这边过的时候，我拿了一小碟这样的炒米放在园子里，让飞累的落下来吃一点。过了两天你妈就给连碟子一块扔了，说我招来了一园子鸟屎。"

父亲又朝窗户外边扬扬下巴。"对面那家的小两口。我观察了他们两口子很长一段时间，发现他们不上班、不出门，每天只为了遛狗出来两趟。一人牵着一条比耗子还小的狗。他们小院里不是养了一缸鱼吗？旁边安了一把遮阳伞，前段时间秋老虎，太阳很毒，伞也一直没打开，过几天鱼就全没了，不知道是晒死了、饿死了还是被猫掏出来吃了。反正那女孩的爹过来把空缸给拖走的时候见到我，还跟我抱怨，说最好养的鱼都给养死了。我那天回来跟你妈说，年纪轻轻的两个人怎么就愿意当废物？你妈不认可，说她认为这样的日子很好啊，难道非得上班就是对社会做贡献？他们两个人安安静静吃父母的，不吵事，能在屋子里待得住，这就没给社会添麻烦。"

"我妈说得有道理吧。"我说，"人太多，工作没那么多。不少能人干的活儿也就是竹筒倒豆子，把黑豆从黄豆里分出来，把绿豆从红豆里分出来。"

"在院子里当义工、捡捡垃圾也是劳动啊。"

我摇了摇头。"都这么活雷锋，物业公司就该哭了。小柳她大丫头的手烫坏了以后，我妈说在医院花了二十万，五个指头到现在还是像鸭蹼粘在一起，后续看病的钱不就是靠小柳的爸妈在院子里做保洁吗？要是有钱人还勤劳，什么活儿都自己干，穷人吃什么？"

父亲点头。

"倒是也有那种穷富穷富的。"父亲说，"小柳说有家人是借钱和贷款买的房，女的怀孕了，上不了班，男的做职业经理的公司老板突然失踪，工资没了，入的股金也打了水漂。他一个人还车贷、房贷挺不住，就先动员爹妈把老家县城住的房子卖了，再把爹妈接过来，在园子里种菜上后门卖。老人家为了省肥料钱，用自己家攒的大粪去浇地，夏天都不敢从他们家过。"

"农村人不嫌这个。"父亲说，"你没看见，蔡光头家的老太太也喜欢浇粪。"

蔡光头是本地批发城里最大的灯具经销商，早二三十年前在批发城里拖板车。蔡光头在老家有个弟弟，小儿麻痹。老太太总想从蔡光头这里掏点钱回去补贴小儿子，可蔡光头除了让他妈有口吃的，多余的钱一毛不给。

老太太找园丁班借了把锄头，自己去后门物业宿舍的楼前开了一块地，种小菜卖钱。蔡光头遛他的鹦鹉路过，见一次骂一次。老太太有时不搭理，有时跟他对骂。蔡光头的鹦鹉一听蔡光头开骂就喊"爸爸骂得好"。有一回下雨，碰见蔡光头没打伞，穿着棉睡衣和棉拖鞋，提着鸟笼在雨里边溜达。他打一个响指，笼子里的鹦鹉就吆喝一声"世上只有爸爸好"。

"他现在长得像你姨父，发现了没？"父亲说，"你妈把你姨父新照的手机相片拿给我看了，全面横向发展。"

"真丑。"父亲说。

相比我两个大爷，姨父有时更像父亲的兄弟。姨父和父亲相较，最大特点是不吭不响。用姥爷的话说，三脚踹不出个屁。姨父追敏敏姨妈的时候，还是塑料厂的一个小科员。全家人都不看好，只有父亲总去姥爷跟前说这人工作勤勉、为人实在。

当初姨父想竞争一个主任岗位，谁也没觉着他能在大学生、干部子弟的竞争中突围。而且厂子刚放出风来要挑人选，他就告病回家休养。直到有一天，敏敏姨妈从单位下班回家后说起厂里要修一道围墙，防止住在厂子外头的村民抄近路进出工厂时偷物料，姨父突然就回了厂子上班，老早找人开好的诊断单也都烧掉了。

围墙修好后不久，一伙村民扛着农具在工厂门前堵住厂长，抗议围墙挡了他们经过工厂去镇上的路，要求拆掉。当时村民人多势众，越说越激动，突然有人伸出拳头朝厂长挥过来。这时姨父不知道从哪儿钻出来，一下挡在厂长前面挨了那拳。等姨父又在地上扛了几脚，传达室和保卫科的人才赶到。

将近一年抱恙没参加工作的姨父当上了主任，之后厂长调任省经委，他又成了厂长。国企转型改革期间，姨父让厂里的人买断工龄分批下岗。他在大会上的名言是，大家伙要自己下海学游泳，只要呛不死，就能漂起来。

经老厂长牵线搭桥，姨父与新加坡塑料大王顺利实现合资经营。不久，姨父成了中资法人代表，塑料厂重新上马，产品远销欧美，供不应求。一天夜里，姨父被人堵在厂子围墙底下麻袋套头，照胸口捣了好几拳头，脑袋也被踹出了血。

那时厂子里除了各个车间主任和办公室主任还有财务部门的，没剩几个毛人，谁冲出来替他挡？搞得姨父后来常年胸闷。唯一歪打正着的，是姨父嘴里原本有一颗长歪了的尖牙，正好揍掉了，愈合后下排牙齿反而长齐，一点牙缝没留。

姥爷知道后，把姨父和姨妈喊到家里，让他们两口子见好就收，说土改和批斗地主资本家刚过去几年？何况厂子那么多人失业过苦日子，就你们发财，这合天理吗？

姨父前脚挨了训，后脚送给姥爷一块从澳门捎回来的腕表，姥爷没拆包就让二姥姥收进了柜子。二姥姥退休后闲来无事打扫衣橱，翻出表盒来打开一看，才知道是劳力士的满天星。姥爷找出表盒里的收据看了一眼，赶快拿打火机点了。

辞职转让个人股份后，姨父看起来也落寞了一段日子，之后很快带着敏敏姨妈去了美国加州落户。姨父和姨妈原本打算丁克，为此母亲还和父亲说，干脆把我过继给他们享福去。后来敏敏姨妈四十五岁时和姨父去做了试管，从四对胚胎里边挑出一对龙凤胎。敏敏姨妈给母亲说，这对龙凤胎集基因之大成，以后俩兄妹里会出一个美国总统。父亲背后跟我讲，听你姨妈放屁，那这个总统的自传怎么写？要不要写他爹妈是怎么搞到钱去老美把他们从实验室里鼓捣出来的？

不过父亲说这话时应该也清楚，随便这对龙凤胎怎么长大，都会比他二哥的独生子强。当初二大爷是三兄弟里边最早生出儿子的，可自从这位堂哥从部队义务兵复员回家，又先斩后奏地辞了一个国企岗位，二大爷就大大减少了和兄弟们的来往。

"我还是拿血压计去，量一下。"我说。

"不用。"父亲摇头。

"我现在好得很。"父亲说，"自从你奶奶没了，大爷总不接电话，许叔叫大水冲跑了，这些年我就只有你和你妈，没有朋友，其实也挺好。拉拉叫车撞死以后，你妈又给我买了条多多。它不传话，不害人，骂它两句也不反驳。我很知足。我肯定是有毛病，可我不会惹你们，也不会惹别人。"

"沈醉的字，"我说，"送人了还是你给卖了？"

父亲顿了顿。"半卖半当。他当年往江姐手指甲盖里扎竹签子，想想你现在是女军官了,再挂在家里不吉利。"

"是不吉利。"我点头,"你看看这个家还有什么好卖的,卖了都拉到你大哥家去。"

"我就知道。"父亲捧起茶壶露齿一笑,"不要对人性抱有期望。"

"别声张。"父亲又说,"等我那几只股票爬起来了,就找朋友赎回来。"

4

船头偶尔偏离航道直线,在冰面打旋、漂移前行。舱内的发动机轰鸣覆盖了风雪号哮。被船体裙带蹭飞的雪片和没有弹性的雪沫不断撞向舷窗玻璃。锥状日光打在泛蓝的冰层麻面上。不留雪的地方呈赭金色。

船艇停在狭长的浅裂纹地带附近,冰壳断块犬牙交错。大爷家的堂弟带了两个义务兵出舱下到冰面,其中有个戴眼镜的二年兵个头很高。他们仨人拿着镐头、锹和冰镩,擦着滑儿挪行到翘起的冰壳前凿冰,敲开那些可能划伤气垫裙摆的冰碴儿。船艇稍后将驶过这里,继续贴近中俄国界,沿导航屏幕上的深紫色标识线向湖面东南侧开进。

十二月初,父亲高血压引起眩晕症,躺着下不来床。不是中风这种大病,但母亲发来的照片里,父亲铁青的面色、发乌的嘴唇以及想象他一夜频频翻身呕吐的倒霉鬼样子叫人很不好过。

我连夜从数据库调阅资料,工作会上提议前往黑龙江巡逻艇大队采编军营拜年专辑中的内容。口头计划通过后,立刻订了飞鸡西的机票,并将订票截图发给母亲,让她拿给父亲看。

在飞鸡西之前两天,堂弟加了我的微信,他表示很荣幸能在连队见到我,一定尽全力配合我的工作。我叮嘱他不要和连队的人多嘴,我是带着任务过去而不是串门子。他请我放心。

抵达中队当天，中午开饭前，我让分队长将堂弟叫到会议室。分队长带上门出去后，堂弟站起来向我打了个敬礼坐回座位。我问了问大爷的情况。他说大爷目前住在镇上，帮亲家带堂姐留下的两个女儿，如今大的小的都在上学，接送都是大爷去。

接着堂弟向我介绍他的工作。他自从新兵下连就在这个艇队，军改后也没有交流到其他单位，加上多年当艇长，应该说是名老骨干。可照他话里那意思，这些年他没有做什么值得一说的事，值得一写的就更没有了。我几次把话头往他比武立功的事情上引，他都表示没什么了不得的，都是分内事。

"我觉得分队有个事值得您采访报道。"他又站起来打了个敬礼才坐下继续说，"我们艇组有个士官老家在云南，休假探亲的时候发现村里有户人家特别贫困。两个孩子的父母一个残疾一个神经病，俩孩子冬天就穿着凉鞋去地里帮着干活。但回回考试姐弟俩都不差，姐姐高中年级第一，弟弟初中全校第一。士官归队以后把这个事给教导员说了，教导员先找当地武装部的人过去核实，等确认了，教导员把党员召集起来，每季度最后一周党团活动日我们都搞一次募捐活动，定期把捐款打到孩子卡里……"

我点着头打断他。"你讲得挺好，可这类故事太多了。"

"这些事是真的。"他双手放在膝盖上，腰背挺得笔直，望着我慢条斯理地说道。

"每回考完试，这两个孩子都给艇队党支部写信汇报学习成绩。"堂弟说，"当时武装部的人去他们家拍视频，看到他们家里唯一用的电器是一盏灯泡，锅盖是姐姐自己拿木头割了个圆盖，房子的墙角还是用木棍顶着……"

"你自己有什么困难吗？值得一说的。"

我抱起胳膊，手肘撑在跷起的二郎腿上。

"姐，"他再次站起来，"没有人的时候可以叫你姐吗？"

我点头，示意他坐下时又把腿放了下去。

"姐，"他说，"一会儿咱们开气垫艇巡逻的时候，有一个大高个的二年兵，他一下来就分在我们艇组，是我带的兵。前段时间他有个心结，我感觉一直到现在也没有解开。说实话，做他的思想工作是我入伍以来遇着的最大困难。"

晚饭后，堂弟带着二年兵来到招待所。我们在二楼活动室的台球桌前拉了三把椅子坐下，堂弟从大衣兜里掏出三瓶格瓦斯摆在球桌沿儿上。

"万山老师。"二年兵说，"还是刚才上楼的时候跟您说的，这件事我已经能在心里边搁住了，没想到班长他还记着。"

"你也要理解。"我说，"你们班长当时在这件事上没有帮到你，他不得劲。"

"我知道。"二年兵点头，"我不该和班长聊这个的，可那天的新闻太突然了。当时刚进饭堂坐下，听新闻里说京都有家漫画公司着火，我还没有太大反应。等扭头看到屏幕上那栋无比熟悉的三层小黄楼冒出黑烟，看到救护担架出出进进，我心态就崩了。京阿尼在京都有三个工作室，一个对外开放的展示中心，一个总资源库，我根本没想到会是最核心的第一工作室着火。"

"当时我坐在他对面，"堂弟说，"看他眼泪唰一下子出来了。"

"没办法，本能反应。"二年兵耸了耸肩，"万山老师，您刚说您也看过 *Angle Beats* 和 *K-ON*，那您应该知道京都动画在 ACG 界早就不是一家动画公司那么简单了。新闻里播报遇难者的年龄，我就能对应猜到是谁，根本接受不了武本监督和池田晶子会在名单里面。《日常》里的一句台词我特别喜欢，说我们所经历的每个平凡的日常，或许就是连续发生的奇迹，但奇迹唯独没有发生在他们身上。"

"明白。"我说。

"大学时跟他关系很好的一个日本留学生就在这个公司上班。"堂弟说，"火灾以后不见了，到现在也联系不上。"

二年兵低下头，盯着十指交叉的双手看了半天。"其实如果班长不找我聊，我谁也不会说的。我没有奢望在这里得到安慰，可能有的人听到了还会骂我欠抽。可我和那个朋友真的很谈得来，他假期回日本的时候还帮我代买手办。"

"那也是他带你看漫画的？"我问。

"不是的，万山老师。"二年兵看着我扶了扶眼镜。"我打小没什么朋友。不知道班长和您说过没有，我父母做房地产之前是哈尔滨轴承厂的职工，您可能听说过这个厂。这个厂在八十年代是东北最好的国企，六十年代就给职工分楼房住，现在我家还有一套，已经很破了，但是还在。我爷爷奶奶姥姥姥爷也在轴承厂。后来厂子接不到订单，机器停了，我爸妈每天上班也没事可干。二〇〇一年我三岁多，隐约有点印象，当时爸妈一个月工资加起来不到一百块钱，二〇〇二年的时候俩人加起来不到二百。我感觉当时在深圳捡垃圾也不止这个数吧。二〇〇二年年底，工厂买断，爸妈就留下我出省挣钱去了。"

二年兵接过堂弟递给他的格瓦斯喝了一口。"我本科上的教育学专业，辅修心理，教材上说小孩需要心理依托，要么通过父母长辈和老师寻找，要么自己找，找着什么算什么。那时候，我白天被老师关在托管班，晚上奶奶他们吃了晚饭就要睡觉，把我一个人锁在屋里。最早接受情感和认知教育的途径就是动画片，二〇一二年我正式入宅之后，自己的成长就更跟这些作者作品分不开了。可他们就这么死了，我连一声谢谢都没来得及说。"

"明白。"我说。

"我老想问你。"堂弟插话，"你这入的啥宅？为啥要入？"

"三两句话说不清。"二年兵说，"总之入宅的好处就是思维比较发散，随时跳出次元实行降维打击。"

"其实我还是想说，你太年轻，经历得少。"堂弟说，"往后还有更难的时候。"

"不，我经历过挫折，灭顶的那种。"二年兵说，"高考是我从小到大最惨的一次失败。我高中在哈三读的，统招。刚进高一我的目标就定好了，一定要考进黑大的新闻传播学院读新闻编导。"

二年兵说高考放分那天，他一直等到凌晨两点才登录系统。分数屏幕一出来赶紧拿手挡住总分，挨个科目往下看。数学、语文、英语，都超出了他的估分，最后看到文综，打眼就蒙了。那个分数低到他自己不敢相信，本想马上打电话给班主任，一看时间太晚，就坐在电脑前头一直发呆到第二天早上九点。第二天，二年兵和班主任说了分数，班主任也不相信，他的文综成绩总是班里数一数二的。班主任马上找教育部门联系核分，分数明细下来以后才知道，六十分的论述题，二年兵只拿到八分，四道题零分，还有两道题的得分是三分和五分。

"从那天起直到今天，我的手机和银行卡的密码一直是那六道题的得分：050300。"二年兵说，"万山老师，您能明白那种吊车尾中的吊车尾……就好比说是明凯打了个4396的输出，你说你能怎么看？"

"明白。"我说，"我中考也砸了，特别闹心。"

"没考上？"二年兵问。

"怎么说呢……我初中作文写得还可以。"我说,"初三的时候,我们班主任想带我参加一个省里的中学生征文比赛,她给校长说了,校长很支持,要班主任带我好好准备,拿到奖了升学给我加十分。有段时间我就停课在图书馆里写稿子、改稿子,拿了二等奖里的第一名。后来中考我没发挥好,成绩出来一看,离本部的分数线正好差十分。班主任就带我去找校长,可中考前一个月换了校长,新上任的校长说这个征文加分的事不是他批示的,他不认可。班主任还不死心,早上六点半就带着我去校长家门口等,大概七点来钟,校长的老婆开门扔垃圾,一看班主任蹲在门口,说哎呀你吓死我了!赶快砰地把门一关。班主任跳起来趴在门上的猫眼旁边说了不少讨好和赔礼的话。过了十多分钟,校长出来了,西装革履,提着公文包。校长好像没有看见我们,边下楼梯边说了一句话,会写文章有个屁用。"

"然后呢?"二年兵问。

"其实那一年其他省重点中学的分数线并没有很高,我的分数还超了市一中的线七分。后来家里找了找人,就进一中了。"

我没有再讲下去的是,决定托人办进一中之前,父亲带我去了一趟黄冈中学。那时走进市里任何一家书店都能买到黄冈中学出的中高考模拟试卷和讲题,我的书桌和书包里装的教辅资料也全是黄冈出的。有老师称,黄冈是天下第一中学。

父亲和我先是从武汉坐长途汽车,之后改坐轮渡。往黄冈走的那天,暴雨如注。我坐在舷窗前的一把小马扎上,窗外江水浑黄,浪头翻涌。父亲找了个雨空扶我走出船舱。出发来黄冈前,我病了将近半月,高烧转成支气管炎,吃不下饭,也说不出话。父亲让我靠在临水的栏杆前,他指着前方岸边一块崖壁跟我说,他没来过黄冈,也没见过赤壁,但他头一年当兵就学会了背诵苏轼写的《赤壁怀古》。父亲说，林彪，二十五岁当红一军团总指挥，黄冈人；秦基伟，三十多岁率志愿军第三兵团15军打上甘岭战役，黄冈人。他今天就要带我到出此等将帅之才的地方看一看，到全国公认最牛的学校找校长请教请教，会写文章究竟是算个屁，还是屁都不算。

上码头，等不到的士，我和父亲坐了一辆人力电动三轮车到了黄冈中学。路上，我抱怨他不找这边的战友安排安排。父亲慨叹，说借人一只羊，得还一头牛。

在传达室登记后进了校园，照传达室大爷指的路，我们找到办公楼，径直上了二楼校长办公室。那是一间二三十平米的屋子，门口两扇木门大敞着，和开了半扇的窗户之间有风对流，吹得屋中间的办公桌上纸页翻动。走进去，屋里除了校长，还有一位老师和一对父子在。那对父子坐在墙边的一张长条凳上，儿子穿着一件肥大的白衬衫，一条灰西装裤，裤腿挽着，光脚穿凉鞋。那位父亲穿一件透亮的汗衫，一条黑裤子，脚上是双草鞋。他脚边放着一根扁担和两个草篓子。水磨石地砖上到处是脚底沾下来的黄泥巴。校长一边翻看我的征文获奖证书和发表的小豆腐块文章剪报，一边听父亲介绍我的情况。

过几分钟，校长抹了把额头的汗，走过来跟我握手，说他立刻就可以拍板特招我入学，择校费全免。校长说，只要我在黄冈读书期间发表作文或者获奖，学校就会按获奖级别发放奖学金，也许等到三年后毕业时，我不但把学费赚出来了，还能带回家一笔奖金孝敬父母。说着，校长将坐在条凳上的父子向我们介绍，说这是一位了不得的父亲，他儿子刚获得市里奥数比赛金奖。校长说，学校会全免这个男孩三年的学杂费、住宿费，只要他拿上全国奥数奖牌，学校给的奖金就够他读三年书的生活费。

站在黄冈中学大道边的展示橱窗前,父亲接过我的书包背在肩上。他说了一段话,大意是摔了个狗吃屎无妨,别嚼,咽下去该干吗干吗。

"班长你是不是跟我说过,自己最困难的时候也是中考?"二年兵扭过头看堂弟,"不过不是没考上,好像是把录取通知书撕了。"

"撕了?"我看向堂弟。

堂弟不好意思地朝我笑笑。"刚考上的那一年撕了。"

"为什么?"我问他。

"没啥。"堂弟说,"那时候我母亲身体长病,一天比一天不行。我父亲在采石场的山上打石头、搬石头,就是连队门口停着的那种平头车,我父亲一个人一天能装六车。那时候我姐就不念书了,一个人跑到青岛的冷藏厂打工。她回家帮忙打苞谷粒的时候,看她的手肿得老胖,全长了冻疮。我姐学习成绩比我还好,可她就是不读。我那年考上以后谁也没说,想了又想,一读高中又是三年,读完高中还有大学,读到哪年是个头,就把通知书撕了。告诉家里去市里上学,其实是到汽修店当学徒去了。后来被我姐的同学看见,告诉了我姐。我姐上汽修店找我,见面就打了我两个耳光。晚上我姐住在同学家里,她把我叫过去。那天晚上,我姐说着就给我跪下了。她说最大的心愿是看着我成才,光打工不读书是成不了才的。所以我第二年又考了一次,高中毕业才来当的兵。"

"高中都念了,为什么不读大学?"我问。

"我母亲在我高一的时候就没了。"堂弟说,"我父亲也好时不时生场病,家里全靠我姐一个人顶着。"

我看着堂弟。他的坐姿与神情像极了那天在黄冈中学见到的男孩。

堂弟说,有年暑假的一个中午,他在家午睡。那时堂姐刚辞了镇上的工作也在家歇着。刚睡得迷迷糊糊，听见院门开了，门板砸在墙上一下把他弄醒了。过会儿屋里冲进来一个女人，抓住堂姐的头发就往屋外拖。堂弟上去护，被跟进来的俩男人一下给摁在地上，拿脚踩住堂弟的后背。那个女人把堂姐拖到外面街上，发够了疯才走。屋里的两个男人松开堂弟之后，把堂姐屋里的衣服、皮箱都抱走了。堂姐刚回家那两天，堂弟问她干得好好的为什么辞了，她只说想换个地方发财。

"其实是她和人家手机店的老板好了。"堂弟说，"老板每个月多给她开工资，被他老婆发现了，来家里的仨人是老板娘和她俩哥哥……"

我拍了一下发愣的二年兵。"听你班长说这些，你什么感受？"

二年兵站起来打了个敬礼。"报告，我想上个厕所。"

等二年兵小跑出活动室，堂弟接着讲下去。

"我姐是这样才去的三叔那儿，去投奔的你们。当时老板娘的俩哥哥把姐姐的东西都抱走了，他们说这都是老板给她买的，不该她留着。其实姐姐的每件衣服我都见过，大部分是我三叔邮回来的你穿过的衣服。我姐说你穿衣服讲究，旧衣服比别人家买的新衣裳还好。你写的那几幅大字她老是翻来覆去地看。我爹嫌她总看书不出去打工，有一回把你写的字点上烧了，我姐差点和他拼命。其实就算我读了大学也达不到我姐的理想。她总想要么是她，要么是我，能当上和你一样的人。

"我姐到死那天都要强，她拿着在你们那儿打工赚的钱回来结婚，生了两个丫头。我姐夫说两个丫头可以了，她非要生男孩。后来怀上了，去医院检查，大夫说这个小子长在她上两回剖腹产的其中一道疤上，不拿掉可能会顶破肚皮，可我姐说什么也不同意，谁劝也不好使。最后孩子没生下来，自己也完了。我姐夫到现在还没找，可两个丫头大的大小的小，再上哪儿找自己的妈。

"姐，你的名字好听，三叔跟我说是他亲自起的。我小学一年级报到，老师统计名字，我告诉老师，我只有小名，没有大名。老师就问我妈，我妈那段时间犯了癔症，见着老师连人都认不得。后来报到教务主任，主任说那就他给起一个，再报到大队村委，我才有了名字。"

二年兵回来时从兜里掏出一个盒子递给我，是 K-ON 秋山澪的纪念手办。

"万山老师，"二年兵说，"班长对我很照顾，可他不喜欢这种东西，就送给您吧。"

堂弟凑上来瞅了一眼。"这玩意儿很贵吧？"

"还好。"二年兵说，"我自己赚钱买的。"

"你每个月的津贴够吗？"堂弟问。

"还有存款啊。"二年兵说，"入伍之前我一直在肯德基打小时工，上下午四点到凌晨两点的打烊班。前台、总配、前厅都做过，在文化宫对面那家店就做了三年，有些经理都没我干的时间长。后来给小孩当家教，一个小时最低一百。我还在黑大的创协当过副主任，黑大 4 号楼底下有个创业园区，我当时做了一个'园区大本营'的活动策划，反响很好，2016 年省长去黑大参观学生文化科技创业园，我作为创协代表做了介绍发言。"

"那你干吗来当兵呢？"我问他。

"想锻炼啊，体会不同的人生。"二年兵说，"以前我每天最大的体能消耗就是从黑大宿舍骑自行车到博物馆。而且宅男嘛，也太单纯啊。我在济南新兵训练基地的班长送给我一句话，说我跑步跑不明白，内务整不明白，班长脸色看不明白。"

"那现在呢？"

"刚才班长说的那些事，之前断断续续听他讲过一些，"二年兵若有所思地望着墙壁,"这回再听他讲,我还是很难过。我很喜欢周星驰,可是以前只觉得搞笑而已。上半年旅里边组织视频会议,就是班长也知道的叫……"

"'我向组织讲实情,组织为我解忧愁。'"堂弟说,"家里有困难的可以申请特困党员补助。"

"就是这个。"二年兵说,"很多人知道我写东西还不错,就来找我,让我帮他们写反映材料。我们分队的炊事班有个班长,他家丫头得了噬血细胞综合征,班长去重症监护室探视,都认不出自己的孩子是里边的哪一个。我看了他给的照片,每个小孩子身上都插着很多管子,全身浮肿,起满红疹子。当时班长和他媳妇都想放弃了,一天一两万块钱往里扔,最多也只能再支撑一个礼拜就彻底没钱了。我拿到班长从医院发来的资料,熬了两夜把材料整出来,还做了PPT,让分队长拿到旅里面汇报情况,为班长女儿筹钱。"

"后来真感觉是神兵天降!"堂弟说,"给我们造巡逻艇的一个浙江老板正好过来调研,听说这个事就一把捐了二十万,加上战友在网上发动捐款筹了九万,旅里边也捐了些钱,现在小孩做完三个疗程的化疗以后情况很稳定、很好。"

"那还有额外的收获吗?"我问二年兵。

"能看懂班长脸色了。"二年兵笑着看了堂弟一眼,"其实我刚说的班长他都不想听,他最想问的也没问出来。"

"你知道我想问啥?"堂弟说。

"你不就想知道我思想跑偏没?"二年兵拍了一下堂弟,"我看过一部纪录片叫《空中浩劫》,有一集讲日本一架123号航班失事。我记得死了497个人,只活下来3个。其实飞机出事以后,机上还有很多幸存者。但日本的空中自卫队一看落下去救援有危险,没有下落直接飞走了,表面看是飞行员的选择,实际呢?

"有一部动漫里讲一个主角方的团长去救一个男孩,忽然被旁边一个家伙咬住胳膊拖走了。让我震撼的是团长没有喊救命或者快来救我,而指着前方说'前进!'这是我理解的,战争中一个优秀指挥官应有的素质,他会把指挥部队看作高于个人生存的第一任务。对应到中国,这个角色让我想起,一位是戴安澜将军,一位是左权同志。我们绝对不会出现自卫队飞过失事地点却因为怕死而不降落的。"

"悟性还挺高。"堂弟说。

"聪明人一点就透,山驴逼棒打不回头呗。"二年兵说。

"那你入伍之后经历过吗?"我问二年兵,"某个'前进'的时刻?"

二年兵点头。"我一直记得第一次跟艇队出江那天回来发生的事。那天风浪特别大,还下着暴雨。我们的船在水里直上直下地颠簸,晃吐了我好几回。我们一直在照着导航开,可风一刮过来船就跟着跑,不断偏离航线。当时开船的是我们分队长,拐弯的时候球阀和油门没配合好,也可能是被暴雨吓完了,心里边溜号儿,船头一下漂出去二十多米。班长赶紧让分队长把球阀拉下来,先别熄火,他带我出去把锚放下去。可是锚的重量不够,船又往汊河里干出去十多米,一头卡在草滩上彻底歇了。班长过去猛轰油门,就是给不上力。他出舱瞅了一眼,回来告诉我们,是水草吸进了泵舱,他必须下水去船底淘出来。当时班长把手表摘下来交给我,说他二十分钟就能把船整明白,让我帮他看着时间。其实他是知道我怕了,想给我点信心。

"班长和分队长俩人脱了军装跳下水,刚一下去水就没到脖子。当时才五月份,水里还有没化干净的冰碴子。班长和分队长俩人轮着潜进水里淘泵,然后浮上来,再一点点把船推到适合起船的地方。等班长爬上船的时候,我看他露在外面的皮肤又紫又黄。分队长怕了,不想开了。班长就坐到驾驶座上缓了几秒，启动船艇。

"当时天和江的颜色都是灰的，航道和雨打成一片，再跟导航跑的错误率是百分之八十。周围几乎没有参照物，都被水盖了。但如果再开不出去，就很可能漂到俄罗斯的界河上。那段时间我们和那边关系一般，他们开枪都有可能。最后是班长在一片海一样的水上摸着往回开，平时半个小时的路那天走了快俩小时才到码头。"

"怎么说呢。"二年兵摘下眼镜，闭上眼睛许久未说话。

"这种事很正常，你那是头一回经历所以害怕。"堂弟说。

"不是的，班长。"二年兵说，"我是那一天认识到，能教人活下来的才是根本。"

5

往后三四天，我没有再和堂弟单独见面或说话。从艇队营房向外看，湖际线被冻平成一道银灰色横线。每天看见堂弟，就像看见从升到落都离不了那条直线多远的太阳。总是小小的身影。

周末，大队组织"三江 KPL"大赛，两个分队和大队部参战。二年兵领着四个义务兵组队打了个冠军。同事当时在队部会议室拍了一些素材。镜头里，一个 OB 连到队部会议室的电视投屏，观战人员鸦雀无声。堂弟在后排角上坐着，瞪着屏幕上的跳跃小人与喷射火焰，神情略显惊讶。

返程的飞机上，我读了二年兵发给我的堂弟写的发言稿。六页纸上，堂弟写的字挤挤挨挨。有一页纸我看得认真：

我父亲小时候家里生活非常拮据，用小品里的话说，家里唯一的家用电器是手电筒。父亲在家排行老大，下边有两个弟弟。因为我爷爷死得早，养活母亲和两个弟弟的责任就落在了父亲肩上。因为这份责任，命运将他定格在了一个普普通通的农民。我的二叔和三叔陆续穿上军装，踏上了开往军营的列车。而我父亲只有走不完的荒山、扛不完的柴火捆。有一次二叔回来探家，我看见父亲在村里村外的赞扬声中落泪，弟弟的成功里蕴藏着父亲的汗水和辛劳，为此父亲感到骄傲和自豪，但他同时也因为弟弟的成就感到了自卑……

自从我母亲生病，学习成绩比我好的姐姐就辍学打工了。父亲也知道自己重男轻女了，所以他总嘱咐我好好干，以后可以不养他，也要报答我的姐姐。初中学过一篇课文，叫《送东阳马生序》，我在参军前也有点像这篇文章里写的，穷得买不起书。就算我有一点钱，也想先买俩馒头而不是买书。那时为了省钱，我从来没有在食堂吃过一块钱一顿的宵夜，哪怕一包五毛钱的方便面。下了晚自习，我每天晚上都在水房里接着学到半夜，虽然挺冷，但冻一冻更精神。我想让父亲找二叔和三叔多帮一帮我们，但父亲说他不愿给兄弟添麻烦，闯外比在家更难，不如痛快一个算一个。我知道，他也是不愿意让人知道他没本事让我们过上好生活。

我母亲病逝后，父亲一个人住在村里。当时有一些人来找他，让他加入这小教、那小教，父亲都拒绝了。他说：我谁都不信，就信我儿子。为了父亲这句话，我入伍后非常努力，留士官后上士官学校继续学习，取得了一点小成绩，但我想这不是终点。

现今网络上有很多人说寒门再难出贵子，一个穷人走在街上比一粒黑米掉进大米堆还显眼。可是我认为，贵子的意思并不单指有钱人，他也应该是一个有本事、有灵魂的人，一个敢于担当、冲锋在前的人。今年是珍宝岛自卫反击战胜利五十周年，许多普通人曾一夜之间成为英雄。我想我这辈子都当不了马云，却一定能当好一名战士，全心全意完成每件组织交给我的任务，为了荣誉奋斗到老。

二年兵说，他真心认为班长这篇发言稿写得平实动人，但报到队里给打了回来。领导说，这种自刨老底的稿子还是等日后当上将军再念比较合适。

农历大年二十九。窗外白雪洋洋洒洒，屋内茶气香盈，暖意融切。从上了霜雾的玻璃窗朝外看，两棵茶梅树的枝子上坠满敦实的玫色花朵。对面小楼屋顶的橘红色瓦片上盖了点雪，像柿子蘸白糖。

赶在傍晚落雪之前，和父亲去了一趟许叔被大水冲跑的小广场。原先靠近人防工事的地下商城已挖空成为一座摩天高楼的地基，四周被高耸的蓝色钢板包围，我和父亲趴在缝隙前只能看到一个巨型深坑。许叔是当年和父亲、汪叔一起参军的同年兵，许叔因为和部队服务社里一个女孩搞对象，被老家的媳妇告到连队支部，没提上干就志愿兵转业了。

千禧年南方水灾，圭塘河长善垸有决堤险情，国务总理坐镇一线指挥。许叔那时在商城底下组织商户撤离。大部队往外疏散时，有几家小店的老板逆着人流往回跑，要抢搬自家货物。等许叔返回找到他们，水都没到腰上了。许叔拽着他们向安全通道的楼梯口跑，几个人还边哭边抱着箱包不肯撒手。

不知道许叔第几次进去时，据最后一个见到他的人说，许叔被一张台球桌撞进水里冲着走了。地下商城的人防工事与省城人防主干道相接，连着入江水闸。父亲讲，许叔大概是顺水流漂进了江里。因为施工地的大门锁着，父亲就走到大门旁边一棵树前，双手拍了拍那棵树。

此刻，母亲在餐厅与敏敏姨妈视频，父亲在院里遛狗。这些年只要没有急事，他都步行出门。用的手机是七八年前我买电脑配送的一台傻瓜机，只能接打电话和发短信。他每天有固定开机时间，就两三个钟头，错过了联系不上。他出门走的路线也不规律，今天从东门出，南门回来，明天就绕到院子北门出去，西门回来。连进家门也前门后门不一定。乘地铁，父亲有时会先往相反方向坐两站，再换乘前往目的地。

一天，我和父亲到一座高楼的观光餐厅吃饭。坐电梯到了中间某层，门开时有几个男人走进来。父亲扭头跟我说，你先去餐厅等，就快步走出电梯。我在餐厅坐了很久他才到。他说感觉后来上电梯的那几个人气味不对，改爬楼梯上来的。

刚才父亲坐在这里泡茶时自嘲，说人的良心的确虚伪，他总教导我不要自私，可要让他从嘴里省出茶叶钱来，他也不乐意。

"闹不清。"父亲说，"是想你弟多个倚靠，还是往后你有一个能转圜的地方。"

"给你一句忠告。"父亲抱起茶壶贴在面颊上，"别对人性太好奇。"

"是。"我点头，"问我弟为什么要叫狍子傻狍子。我弟说，在东北打猎遇见狍子，你只要随便放一枪，站着别动就行了，过会儿那个狍子就会自己跑过来，站到你跟前好奇地瞅。这时候你再给一枪，它就完蛋。"

在阿吾斯奇

云霭封锁了雪峰之间偶尔显露的天际远景。阴冷彻骨的北风越刮越大。靶场上掀起沙尘，落到正在一座墓地上挥动铁锹、铁铲的几个人身上。他弓起背使劲铲开沙石，刨飞的尘土打在旁边人的衣裤上嘭嘭作响。七八个人手脚不停地挖了一个多小时，才在坑深两三米的地方碰到棺材。停顿几秒，大伙放缓的动作又快起来，知道要抢在暴雨之前将遗骸装箱。

露出棺盖时，站在几米外的一家人走到近前。

这家人是埋在靶场东头这位烈士的家属。来靶场之前教导员跟他讲，上世纪七十年代连队骑乘巡逻，一个战士的马在山口甬道的雪崩中受惊。被甩下马背的战士一只脚被马镫挂住，拖行近一公里才挣脱，事后昏迷不醒，等不及送下山医治人就没了。当时连队给战士老家的民政局拍了封电报，一个月后民政局回信给连队，表示家属已知悉，并转达将孩子葬在连队的意愿。上个月，这位烈士的弟弟辗转联系到团部，说想来接大哥的遗骸回家。

开棺前，教导员松开铁锹向一旁伸出手。一个战士从上衣兜里掏出一小瓶酒递过去。教导员拧开盖，单膝跪地，将酒瓶高举过头顶后倒出酒来洒在棺盖上。起身时掷开瓶子，大喝一声。战士们扔下手里的家伙跟着教导员跳进坑里，上前弯腰抬起棺盖。

拾捡骨殖装箱时，烈士的弟弟跪倒在地，放声恸哭。他低头看见烈士脚上黄胶鞋的布面已经风化，橡胶鞋底还在。

阖棺前，他爬出坑外。烈士的弟弟上前将他从地上搀起。看他站稳了，松开手倒退两步，向他鞠了一躬。

雷声滚过，空气里潮乎乎的土腥味刺鼻。教导员让正准备回填土坑的战士们赶紧收队，和家属一同返回连队。

开饭时间已经过了，通讯员热了饭菜端上桌。教导员把一盘鸭架子换到他面前。

"营长，来。"教导员冲他扬了下下巴。

他摆摆手，起身盛了碗汤。

"您是这儿的营长？"烈士的弟弟问。

"忘了介绍。"教导员说，"这是南疆军区来指导工作的殷营长，他弟弟是咱们连队的三班长。"

"那这正好能跟兄弟见面了。"烈士的弟弟说。

"三班长现在正在总医院住院……休养好了就回来。"教导员说。

"生病了？"烈士的弟弟问。

他拿起盘子里教导员掰剩下的半块馍，没作声。

"中午你们先休息。"教导员拿给烈士的弟弟一个苹果，"下午把行李证明给你们，不然那箱子过不了安检。奎屯那边的殡仪馆也联系好了，你们到那里转车，先火化了再带回家吧。"

"教导员，听说还有个'烈士'埋在这儿？"烈士的弟弟问。

"嗯，有。"教导员说，"一个从北京来的同志，七十年代到的克拉玛依市人武部，有段时间就在我们这儿的牧区支农。当时这边和苏联经常有矛盾，为了边界的事扯皮、闹人命。他了解情况以后说，等我死了就把我的骨灰埋到争议区去，以后划定国界，再把我圈进来。"

"一九七九年的时候……"教导员说，"比你大哥再晚几年，这个叫李明秀的人就因为肝癌过世了，临走之前再次给家人交代，说务必把他埋在阿吾斯奇的双湖边上。这样国家可以拿他的墓作为一个方位物，作为边防斗争的一个证据。你们也知道，那个年代几乎没有火化的，可李明秀就是火化了以后，家属再从克拉玛依给送到这儿来。离过年还有不到十天，连队派人带过去埋了，原地竖了一块石头板子。"

"那后来圈过来没有？"烈士的弟弟问。

教导员在桌上横着画了一道，说："本来以前两边的实际控制线是以两个湖中间的丘陵为界，我们管南湖，北湖是人家的，之后北湖也划给我们了。二〇〇五年军区给他重修了墓，立了大理石碑。我们每回巡逻路过，战士都上前敬根烟，清明全连过去扫墓。"

"唔，真是个人物。"烈士的弟弟说。

"你也够能的。"教导员说，"当时我们想找李明秀的资料，托人去克拉玛依武装部、民政局、法院、档案馆，能去的地方都找遍了，愣是没档案、没记录，连张照片也没有。你哥牺牲那会儿我们就往你们老家发了封电报，没想到隔这么些年还能再找过来。"

炊事班后厨响起水声。连队军医端着饭盒走出来同他们打招呼。

"军医，来来。"教导员说，"过来吃点。"

"我吃过了，你们聊，你们慢聊。"军医把饭盒放在一张空桌上，从饭堂前门出去了。

"阿吾斯奇的军医。"教导员说,"老同志特别痴迷书法,每回写字都误了饭点。"

回到招待室,他听见沙发背后的窗户被风撞得嗡嗡作响。四月末,南疆的白天已经热起来,北疆山上还潮湿阴冷,棉被盖在身上又潮又重。这两天中午他都没睡。

上午去水房找工具时教导员拦住他,说人手真的够了。他还是过去拿了把铲子,说就算是代弟弟出力。

这两年不知说过多少回要来阿吾斯奇,可想不到有一天在这儿了,会是帮小弟收拾放在连队的被褥衣物和储藏室的行李,然后带走。

去年阿吾斯奇的雪下得早、下得多。连队自己烧锅炉,攒的煤渣子多了没地方放,入冬前就找乡里派拖拉机来运煤渣。拖拉机上山的时候没油了,驾驶员给连队打电话,说车没油了,让人快给送来。当时连队门前正好停着一辆兵团上来慰问的车,小弟一听就拿上一桶油,开着那辆皮卡去给拖拉机送。路上,小弟将皮卡车停在窄道边,跑下去找拖拉机。送完油顶着风雪往回跑时,对面驶来一辆拉粮食的大半挂车,司机没刹住,车头把皮卡车推出去十几米远,小弟当时就站在车斗后边,被撞进砌在路边的雪堆里埋住了。

上午那个人朝他鞠躬时,他第一反应是应当感恩、知足。相比那个人的兄弟,小弟至少还活着,至少将来睁开眼是躺在一张干干净净的病床上。

他端起热水瓶冲了杯茶,起身拉上窗帘。这时屋门被推开,教导员走进来。

"想着你就没睡。"教导员仰倒在沙发上,歪头盯着茶杯口冒出的热气。

他将茶杯端到教导员跟前,走到另一侧的单人沙发前坐下。

"我跟指导员说了,下午你跟他们一块去巡逻。到界碑看看,你弟去年刚带人上去描的字。"教导员说。

他点点头。

"你弟带的就是下午去巡逻的这个班,三班。"

"他跟我说过,三班都是他兄弟。"

"你弟天生是带兵的料,在连队很有威信。"

"是你们把他带出来了。"

"惭愧……"教导员小声说。

"中午见的那个军医……"他说,"是不是姓沈?"

"对,认识老沈?"教导员端起茶杯吹吹,抿了一口。

"听我弟说的,军医给过他很多帮助。"

"老沈确实热心。快五十岁的人了,工资比政委还高,很多事糊弄着来也不会有人追究,但是他不,连队的小孩都愿意找他,有病看病没病咨询个事,我有时候也找他,他读书多,啥都知道。"

"就是这样的人越来越少了啊……"教导员放下茶杯,靠在沙发上出神。

坐在勇士车的副驾驶上向外看,雨前灰暗、阴沉的天空,已经被清澈明亮、瞬息万变的光芒冲破,无垠无底的草野上闪耀着星星点点。

"营长,这是您头一回来北疆边防吗?"指导员在后座问。

"对。"他说。

"南疆那边的边防什么样?"指导员问。

"挺高的,每年上山驻训的平均海拔都在三千米以上。"他说。

"那您出过国吗?"指导员问。

"去年夏天我们在塔吉克斯坦搞了一次联合反恐演习。"他说。

后座一阵惊叹。

"塔吉克他们强吗?"指导员凑上前,扶住副驾驶的椅背。

他一时不知道该从何说起。当时一个加强连从旅部机动到谢布克,再到白苏尔,从清晨一直到后半夜两点多才把车队开到塔方营区。零点多,他那辆车后座上的人都缺氧睡瘫了。驾驶员困得直点头,他在副驾上也迷糊了。到古米其帕峰脚下的一处平坦地,车开着开着就不走了。醒来时他才发现驾驶员把着方向盘也睡着了,车队的尾灯已在山腰处闪烁。

到宿营地已是凌晨三点多钟。全队人从车上下来开始卸车。那是一块种土豆的地,干干的沙土地。

"去那边演习,他们就准备了一块空地。"他说,"第二天起床,我们先搞了一个赠送仪式,把带去的帐篷送给他们。送完领导还要我们过去指导安装,说那边的人不会搭帐篷……"

"不会搭帐篷?"一个二条兵插嘴。

"他们平常不配发帐篷。"他说,"我们刚把示范帐篷搭好,一个班的人就进来在地上高高兴兴地铺毛毡,铺完往地上一躺。当天晚上下了一场大雪,帐篷顶子都被压变形了,一问,他们也是在地上睡的。"

"那他们平时吃什么?"指导员问。

"一天两顿土豆糊煮鹰嘴豆,每个人背包里都装着烤玉米饼子。我们带了煤上去,自己煮奶茶,炊事班还做的鸡腿、牛肉、揪片子面汤……"

"怎么不买着吃?"还是这个二条兵在问。

他向后座的人解释,说塔吉克斯坦的战士看到中方的士兵抽烟,非常惊讶。在塔方,只有官衔上有一定级别的军官才抽得起香烟。在小卖部,塔方的战士一根一根地买烟,糖也是,一次买几粒装到兜里带走。

中方的战士一次拿走几条烟，糖果按公斤买。演习结束时，周围离得近的小卖店几乎被买空了。他记得店里最好的威士忌是人民币一百块一瓶，一百八十块两瓶。

车厢里又一阵惊叹。

"那他们的武器呢？"指导员问。

"武器……单兵素质还行。"

"也有实战能力，强悍。"他又补充一句。

"那我们的优势是什么？"指导员问。

他一时没答话，脑海里却晃动着那时的情景。

那中间某天，一个塔吉克老汉和一个穿着二道背心的女孩，牵来一头驴子卖给炊事班……

"优势？"他这才搭腔，"优势不就是你吗？"

"我？"指导员说。

"指导员和教导员不就是优势？他们训练完做祷告，我们就找你们啊。"

"教导员可以，我不行……"指导员笑着说，"不过我们有军医，他是阿吾斯奇的优势。"

"快看，营长！"一个战士抱着枪站起来，头盔撞到车窗上。

他顺着战士手指的方向，看见几匹棕黑色的马伫立在山坡上。

"那是班长养的马！"旁边的战士摇下车窗玻璃，头伸向窗外朝着那几匹马吹口哨。

"前年和哈方会晤。"指导员说，"我们骑过去的伊犁马就像人家马的儿子，哈方拔河用的绳子也比我们的绳子粗了一倍，几场比赛我们都没占上风，后来三班长上去找他们的人单挑摔跤，摔赢了，他们才给我们鼓了一次掌。"

"那他跟你们说过,他去俄罗斯给普京表演吗?"他苦笑道。

"班长和我说过!"二条兵大喊,"班长去看了克里姆林宫,然后走总统办公室的特殊通道去的红场。"

"普京也会武功?不是跆拳道吗?"有个一年兵问道。

"普京很相信少林功夫,听说前些年,还曾把两个女儿送到少林寺学了一个多月。"他说。

小弟被送进少林寺那年,他正在高三复读。当时村里有户人家的小孩,每天不去学校,跟着小混混跑,家里管不住了就想把孩子送去少林寺的武校。小孩的父母在村里打听,问谁家小孩愿意做个伴,学费和生活费由他们家管。村支书牵了个线,带那家人找过来……

在少林寺的六年间,小弟给他写过几封信。第一封信是讲同村的那个小孩为什么回去了。小弟在信里说,他们每天早上四点钟起床,穿上沙袋背心、戴上沙袋绑腿就跑出去冲山。冲半个小时再回学校跑圈,一公里三分钟跑完,每天每人跑五个一公里。吃过早餐,教练会带他们去练蹿腾跳跃、拳术和器械。同村的小孩拉拉筋、压压腿还可以,下叉、下腰就不行了,老被教练拿木棍照屁股上打。打疼了他就大骂教练缺德,骂完又挨打。折腾不到俩月,同村的小孩就被家里人接回去了。

头三年武校学习阶段,小弟只跟着学校休寒假,每年暑假都和师兄弟在外实景演出,挣到的酬金用来抵在校期间的学费与生活费。

二〇〇九年,小弟在给他的一封信中说,少林寺受邀参加第一届俄罗斯国际军乐节,普京总统亲自接见了他们。在莫斯科,小弟参观了总统办公室,还去听了一场歌剧音乐会。在红场,好多人围着他们喊:"斧头、斧头",师兄跑过来让大伙摆动作,说这是想跟他们合影的意思。

信的后半部分，小弟提到身边很多师兄弟已开始寻求未来更好的出路。有师兄回家乡办武术培训班，有的去给企业老总当保镖。和自己关系最好的同学去拍了电影《新少林寺》，拜入香港洪家班门下，以后待在横店当专业替身。小弟说，他有两条路可选，一是美国的签证没有到期，大师兄推荐他去曼哈顿的华人街当私人武术教练；另一份工作，也是自己比较倾向的，是和同班一个德国同学回他在巴伐利亚的老家支教。信的末尾小弟问他，到底是选美元还是欧元。

他那会儿已在南疆部队当班长，深夜趴在锅炉房的地上给小弟回信。信中写到童年时奶奶家的老屋，晚上到处是老鼠的叫声，夏天雨水大，室内的积水漫到脚脖。哥俩每天吃的面饼磨嗓子，印象中最好的一顿饭是猪油酱油热水泡煎饼。奶奶家有两只羊，每天奶奶都背着筐出去打草。有一天因高血压晕倒在地里，他们俩就在那块地旁边的土路上滚轮胎，毫不知情。

他还写到有一年春节，他和小弟一早去给长辈们磕头拜年。当时小孩磕头，一般人就给一块、两块钱，五块钱就相当多了，十块钱得是相当亲近的关系和父母有相当大的面子才会给。那一年他磕了几十个头拿到十几块压岁钱，转头让村里孩子拿一个玻璃球和一个哨子给骗走了。回到家里，奶奶问他压岁钱在哪儿，他编谎话说丢了，奶奶就叫他脱了衣服，跪在桌上。他记得头顶的墙上有块碧镜，碧镜让小弟打碎了，留下几道裂痕。罚跪的时候，他一直瞅着那几道裂痕。没过多久小弟跑回家来，拳头和脸上都挂了彩。小弟从兜里把那笔压岁钱掏出来放在桌上，跪下给奶奶磕头，说快让我哥穿上衣服下来吧。

他在信里拉杂说了两页纸才切入正题。他说，希望小弟参军，为家庭争得荣誉。小弟练过武功、见过世面，进部队立功受奖的机会比他更多。尽管他几次想通过特种兵比武获得提干机会，现实中却总差了些运气。

信寄出后的第三个月,小弟入伍进疆。先在团里的步兵营待了几年,后被调往阿吾斯奇。

二十八号界碑与哈萨克斯坦的边防哨楼毗邻。那一带早先是苏联的地界,齐踝深的草丛里遍布铁丝绊网。车开不进去,人走进去稍不小心也会摔倒。

走过一截铺着碎石子的土路快进草滩时,指导员招呼大伙停下,各自检查裤腿和袖口是否扎紧。指导员向他解释,草丛里有一种叫草瘪子的虫,专把脑袋钻进人的肉里吸血。只要它的头钻到肉,除非拿打火机烧,否则弄不出来。

"弄不出来会怎样?"他问。

"哦吼!那一块肉都会烂掉!"二条兵叫道。

指导员拍了一下二条兵,"咬过你吗?"

"咬过我班长啊!"二条兵嚷起来。

二条兵扶着被打歪的头盔,缩着脖子从指导员身边小跑到他斜后方,调换步速慢慢地跟上他。

"报告营长,上回班长带我们来给界碑描红,他真的被咬了。"

见他没反应,二条兵沉下脸,正了正头盔。

"营长,我亲眼看见的,班长小腿那一块都烂了。"

二条兵向他描述,去年小弟带他们从界碑回到连队,正赶上澡堂开放。洗澡时,大家起哄围住二条兵,说要排队给他搓澡,因为他皮肤又嫩又白,摸上去像妹子。大家开玩笑的时候听见小弟骂了一句,说他刚搓掉一只草瘪子。过了半月,小弟腿上被咬到的那一块开始红肿溃烂,到团部卫生队处理了伤口,又打了很多天消炎针才见好。

"正常。"他说,"他身上有各种各样的伤。"

"班长说他在少林寺的时候没有买保险,有病就自己治。"

"更牛的是他把连队的二号马都治好了。"二条兵说,"那匹马他们不会骑,马鞍子绑得太松,骑久了以后把马背颠破了,就有草瘪子钻进去,生了好多蛆。当时卫生队的军医都说这匹马没救了,但是班长不肯。他打电话去问沈军医,用盐水和强碱给这匹马清洗伤口,又找当时在连队的军医给它缝上。这匹马长伤口的时候特别痒,喜欢撞墙去蹭,班长怕它把伤口又撞开,就搬了一个马扎坐在马厩里看着它。那匹马好了以后不让任何人骑,除了班长。"

"待会儿去看看那匹二号马吧。"他说。

"班长下山的那天晚上二号就跑了。有牧民在山里看到过,说它一直在疯跑。"

二条兵说罢从他身旁跑开,冲向界碑下的一块芦苇滩地。

界碑立在紧邻铁丝网的一个小土包上,坡下围着一片比人高的芦苇,地下水汩汩向外冒。

他跟在战士们后边深一脚浅一脚地走。他断续听见战士们讲去年在前哨点遇到跑过来躲雨的哈方军人,两边的人都把枪坐在屁股底下,一起吃泡面……各说各的语言,各打各的比画……又说到小弟在前哨点杀鸡,先砍一刀,那只鸡闭上眼不动了,刚把刀一放,那只鸡跳起来就跑。小弟追上去补了一刀,那只鸡还在跑。小弟干脆扔下刀抄起一根棍子去追……

太阳当空,界碑上新描的红色字眼看起来醒目极了。哈方一辆吉普车从铁丝网另一侧疾驶而过,战士们纷纷看向西北方向,低声讨论那边的暗堡里是否有人正在盯梢。这时有人在旁喊了一句,大家紧张地看过去，一个战士蹲在草丛边，拎起一个东西。

"这有一个快递袋！"战士说。

"哦吼！有地址吗？"二条兵三两步跳过去。

大伙陆续围上前，捏着那个灰色的塑料袋互相传看，窃窃私语。

他站在界碑前向四周远望，阳光在光滑舒缓的大地上流泻。即将栽种新作物的大片黑土刚刚犁过，有雨水未及冲净的耙痕。他跟指导员打了声招呼，转身从来时登上界碑的另一边侧路往下走。

高大的榆树投下阴凉，水声冲掉了野蝇的嗡嗡声。他目送眼前这道铁丝网向前蜿蜒。

晚饭后，通讯员带他去了连队的储藏室。到那儿才发现，小弟平日就把他的箱包收拾得很利索，根本不需要他再做什么。

小弟的箱子里有罐奶啤，他摸出来打开喝了一口，盘腿坐到地上。周围这么多的箱子里只有小弟的箱子把手断了，用一截尼龙绳和胶带缠了一个替代的。这还是小弟第一年休假，他在火车站外的小铺里买的，让小弟把肩上那只肩带要磨断的背囊扔掉，行李都收拾到这只皮箱里。这些年，小弟在武校演出赚的钱及在部队发的津贴和工资，大部分都交给了奶奶。让她在老家重修老屋，添置家具。要是奶奶不照小弟的安排做，小弟就大发脾气。奶奶想把钱攒下来让他和小弟趁早成家，小弟总觉得家底太薄，还要等两三年。

他抬起头，白炽灯管频闪的滋滋声叫他突然一阵心悸。从去年冬天一直等到此刻才体会到的预兆。几年前，小弟和连队的人在后山给鱼塘架网，远处一道雷电打下来，从铁丝网上传导过来的电流瞬时打飞小弟手中的铁钳。小弟飞奔回连队，求连长把手机发给他。

小弟不停拨电话，均无法接通。

他已经近三天没吃过饭、合过眼了。为时七天，号称地狱周的国际比武选拔考核到了此时，原先的五十名候选队员只剩六人。他在其中。

小弟打电话找他的前一天下午，他和同伴被带往塔克拉玛干沙漠边缘的一座山谷。引导员将地图、指北针、枪、弹发给他们，告诉他们从此地出发，次日中午将在地图对角线另一端的山口接他们。引导员走后，他打开地图，发现地图中的这条对角线至少对应了现实中七八十公里的山地路程。

从仅容一人侧身通过的谷口进入，走了几分钟后，眼前是一带至少有横跨十公里的谷地。空气湿润，草木幽深，阳光照射不透。地上有很多动物的爪印。他们进入不久，有人就从一棵倾倒的红柳树下找到了第一批给养。大伙听着从未听过的鸟鸣喝了几罐红牛，嚼着牛肉干向山谷里走。走过两张地图的距离，只花去三个多小时。

凌晨一点半，他们在山脚的一处斜坡上停下休整。坡下有河流冲刷的痕迹。他提议原地休息六个小时，其间六个人分三班哨，两个小时一轮。他和其中一人站第一班，其余的人把雨衣铺在泥滩上，打开睡袋钻进去睡了。

山谷里下起小雨。他把枪塞到衣服里，坐到一块石头上。不多时，雨下大了，他和同伴从背包里掏出脸盆顶在头上，那几个人就躺在泥水里，叫不醒。两小时后换岗，他钻进水淋淋的睡袋，似睡非睡迷糊了两个多小时。突然，一个人大声说这是什么声音？之后站哨的人大喊："快起来，发洪水了！"他从睡袋里爬出来时，发现距离他们不到两米的低地已变成一道河谷。暴雨倾盆而下，水位还在涨，将他们困在一块面积逐渐缩小的土丘上。

他找出北斗套进塑料袋，向外发送求救信息，但未得到回应。他们穿着白天的训练短袖，抱着膀子冻得意志全无。他想，如果当时选择在河谷的石头地上睡觉，那早不知道被冲到哪棵树上了。

早晨七点多，雨停云散。空旷地的面积稍稍扩大，却没有平地可走。他们把物资藏在一块岩石下，背上枪开始翻山。山上到处是昨夜洪水的冲沟。只让他没想到的是，那座山上去以后紧接着是另一座山，在山头和下一段空旷地带中间还有好几座山要爬。从七点走到下午两点，每个人脚上的陆战靴都磨烂了，才看到停在远处空地上的直升机。

直升机上并没有餐食和饮用水，只堆了几个背囊和投放箱。他们通过机务手中的北斗得知，现在几人集结为一个伞兵渗透队，即将在定位器鸣响时进行无气象资料、无地面标识和无空中引导的三无盲降。

背上十八公斤重的伞包，戴上头盔，穿好防弹背心，别起手枪，背起单兵战术背囊、步枪、夜间侦察装备。舱门打开，舱室的热气被寒风瞬间扑散，他从高空一千五百米处俯身而下。

不断失去高度的三分钟里，他看到古老的山脉阴面覆盖着白雪，阳面黑如山谷雨夜。大大小小的温泉泉眼腾起白烟。归家的羊群走在沟坎丘壑之上。

落到地面，伞刀撞破了他的下巴。随他第二个出舱的伙伴打不开伞，中途拉开附伞捡回条命，只摔折一条腿。

夜里，他安慰小弟时说到那把被击飞的铁钳。那是一个兆头。如果当时他拿起的是那个家伙的伞包，运气未必好。

小弟出事后第三天他接到电话。离他和小弟商量为奶奶立碑的日子只有不到一个月了。在那通电话之前，没有雷电，没有飞出去的铁家伙。

招待室旁的图书室敞着门，屋里有灯。他经过时，看军医正坐在长条桌前翻书。见他走进来，军医起身摘下老花镜向他打招呼。

"营长好啊。"

"沈军医……"他颔首示意。

军医做了个请他落座的手势，之后提着暖水瓶走过来，将桌上一个放了茶叶的纸杯拿到近前，倒上热水。

"下午去巡逻了？"军医问。

"指导员带着去看了看界碑。"他说。

"那个界碑离哈萨克斯坦的哨楼很近，你见到他们的人了吗？"

"看见他们的车了，车速飞快，土都扬到我们这边来了。"

军医笑起来。

"今天你也辛苦了，上午还帮他们干活儿。"军医说。

"小事。就是觉得这家人也挺奇怪的，隔了四十多年才来。"他说。

"下午和教导员陪他们在连队里转了转，听这个人讲，他们父母不识字，早些年家庭条件也不好，没坐过车，从老家过不来。他弟弟一家子这回过来也不容易，路上光火车就走了三天，往阿吾斯奇走的路又刚化过雪，有些地方路都毁了，颠了快四个小时，吐了一路。"

"能找过来是挺不容易的。"他说。

"一晃都半辈子了。"军医说。

他点头。

"三班长的东西都收拾好了？"军医问。

"刚从储藏室上来。"他说，"想着收拾一下，结果也没什么可收拾的。"

"三班长能吃苦、能干活儿。"军医说，"有时候我在这儿坐着，他过来打扫卫生碰见了就聊两句，问看的什么书，书里讲的什么事……有一回说到连长让他当炊事班班长，他说这不就是个弼马温的差事吗？"

"当时也给我抱怨过，说不愿意下厨房。"

"我给他讲，毛主席的弟弟毛泽民，当年受兄长之托，也管理过一个学校师生的伙食。民以食为天，有的吃才有的干。战士们训练辛苦，最怕吃不好，全连队的嘴交给他，是觉得他行。"

"我还给他说过，别老觉得自己的出身不好，家在农村，自卑。"军医说，"你们'殷'这个姓，至少可以追溯到三千年以前商朝帝乙的长子殷微子，那西安的帝乙路就是以殷微子父亲命名的。孔子临死前把子路叫来，对子路说自己是殷人，殷人就是黄帝的后人。营长，这么说来是不是很好？"

"很好，"他说，"真的很谢谢您……"

"不用谢，历史书上写的，不是我胡诌的。"军医说，"三班长有一回给我说你要他多看书，看啥书没给他说，他就来问我。我说平时你们训练那么忙，个人时间很少，既然要看就看好书。就推荐了曾国藩的传记和家书，还有大学士苏东坡的传记。曾国藩和他的兄弟连心，仗打得好。苏东坡和他的弟弟苏辙，两个人同朝做官，官做得明白，文章也写得好。苏东坡有一句话说自己，叫'上可陪玉皇大帝，下可陪街头乞儿'，眼中的天下人，没有一个不好的。我跟三班长说，不管是当班长，还是以后当排长、当连长，对上，关键时刻要能顶上去；对下，紧要关头也要能扛下来，尽心做事。"

"说实话，我都不知道他还在看书。"他说，"平时打电话也只跟我讲讲平常的训练。"

"还有个事你也不知道吧，"军医说，"几年前了，有天中午他来找我，说连续失眠半个月了，很苦恼。我就和他谈心，帮助他分析。问了几个问题以后他就说你别问了，告诉你吧，我偷东西了，但是我又放回去了，谁都不知道。具体什么事就不肯再往下说了。前年他主动再跟我提起这个事，说知道为什么你一定要他参军了。他说以前在少林寺，觉得社会上和他一样的人多。来了部队才觉得和他哥，就是和你一样的人多。"

　　他回到招待室时已响过熄灯号。外头下雪了。广大空旷的天地间，每一片雪花都标示出风的力道和方向，在窗外，在他眼前连缀而下，蕴藏着沉甸甸的寒光。

　　小弟七岁那年，村里来人通知说他们家正好占在村里预备施工的道路上，房子要被推倒了。父母动身去县上打工，奶奶将他和小弟接回老屋。

　　那天村里通街的施工队拿着铁锹在干活儿，推土机在推土。他和小弟还有村里几个小孩围着推土机团团转。这时村主任来了，把他们几个小孩叫过去，说你们别乱跑，我给你们安排个好活儿。村主任让他们在推土机后面捡砖石块子，拾起来往道路两侧扔，并许诺等干完了活儿，给他发"义务工"的薪酬。他们一听干得十分卖力。傍晚，他们几个去找村主任要钱，村主任从兜里掏出笔来写了个纸条，让他们拿着纸条去大队部，找任何一个人都行。他们拿着纸条去了大队部，找到一个大队部的年轻小伙，当时那小伙是专门扛着摄像机给领导摄像的。他看了一眼纸条说，跟我来吧，就带他们去了大队部的楼道地沟。那里满地的酒瓶子。小伙说，拿吧，能拿多少拿多少。于是每个人都把口袋里塞得满满的，手里也拿了好几个。取了酒瓶，他们直奔村里的小卖部。那时一个啤酒瓶可以换一支很好的雪糕，要是换单晶，可以换一大袋子。他们没舍得把所有酒瓶都换了，就换了五个瓶子。几个小孩商量一下，把剩下的酒瓶藏到了村后的麦垛里。他记得那时和小弟每天一想起来，俩人就跑去看看瓶子少没少。看了好几回，还真发现瓶子少了。

　　一天有个小孩跑来家里，说小弟溜进大队部的楼道地沟捡瓶子，赤着脚踩到一把二齿钩，钩子一下扎透了小弟脚底，流了好些血。他赶到时，小弟已经自己把二齿钩拔出来了。他背起小弟跑到村里的药铺。医生给小弟消毒包扎时，他去对面的小卖铺给小弟赊了一双蓝色的小拖鞋。

那时正是夏天，小弟脚疼，喊着咽不下去煎饼。傍晚，他带着小弟去钻树林照知了。他把剪下来的废轮胎条、破棉絮和干柴堆在地上，倒上油点燃，过后拿起木头杆子敲打树枝。知了纷纷惊飞出来，见了光扑向火堆，小弟就坐在一旁往塑料袋里捡。两个多小时的工夫，捡了小半袋子。往家走的一路上，知了在袋子里吱吱乱叫，谁碰见了都问袋子里装的是什么。

他背着小弟快走到村口时，看见奶奶在不远处干土方活儿。大队干部用白灰画的线是按家庭人头分的，每个人分几米。要求挖出的沟一人多深，一米多宽，两侧掏成斜坡，再用铁锹修出形来。工地上都各干各的，没有人相互帮忙。男劳力干得快，干完就回家了，剩奶奶还在默默地干。他从沟里走过去，趴在他背上的小弟把袋子提到奶奶面前。

奶奶伸手戳了戳袋子，问这是什么？

他本想大声喊出来。这时突然觉得脖颈后头有点痒，站起来低头一摸，捏出来一只虫。

比瓢虫小，圆圆扁扁的。

"这就是草瘪子吗？"他自言自语。

待车队从浓荫覆盖的崖壁下穿行而过，他眼前连天漫地的帕米尔黑夜，被天顶一轮皓月照亮。墨色山体，铝灰的积雪。少顷，车队再次驶入峰岩夹峙的狭长山道，他眼前仍旧留有刚才一幕的清辉。

那晚在阿吾斯奇的图书室，军医从书柜里拿出一幅字赠他。说知道他要上山来，特意练来写的。

他接过字在桌上展开。写的是：但愿人长久，千里共婵娟。

他对军医说，自己还没成家，这怎么受得起？

军医摇了摇头，说这哪是写给相好的，是苏轼七年没见着苏辙了，苏轼想他的弟弟啊。

河 流

深夜,他贴在门上,敲门喊我名字。"我知道你在家。"他说,"我进去说两句,就两句话。"

我从门边退回床上。

那天上午,我到走廊尽头的办公室,把文件交给现在敲门的那个人。他翻阅文件,点明措辞不当处,提了更妥帖的字眼以备更换。纸页上端,他眉头不痛快地并向一起,手指甲在字下划出印子。

傍晚食堂,我端着饭盘找没人坐的桌子。同事站起来,在角落的小桌后面招我过去。桌上有个不认识的女人。一个小女孩在她膝前蹭来蹭去,嘴角沾着绿色糖渍。

"你对我没印象吧?"那女人扶正了脸上的金丝框眼镜,用熟人的语气问我。

"不好意思。"我回答她。

"我们都知道你。"她拉起同事的手,笑得亲切,"咱这没有不认识她的,对吧?"继而回过头,盯住我的脸说,"不少小伙子惦记你呢。"

同事向我作了介绍,我与那女人微笑示好。之后我动了筷子,她们俩滔滔不绝地说起话来，谁家要上了小孩，谁家流产了。

原来这是他的妻子。我低下头，拣出菜叶里的花椒粒。她都知道了吗？不可能。我们之间并没有什么。

某样东西喷到了我腿上，我低下头。小女孩蹲在桌子底下，一只往外冒水的气球被她攥在手里。她注意到我，赶紧掰开母亲的膝盖，挤进胯间。气球被丢在地上，软软地抽动，向外吐水。

女人说她在山西运城的联通公司上班，端午节带孩子过来，听说分区调来一个姑娘，很多人给她牵线做媒。

各科室的领导、干事参谋的爱人，将我的讯息编成短信，发给不同年龄和身份的人。正式上班不到五个月，有男人打电话来，说愿意娶我。在食堂吃饭，常在对桌的手机里，翻看不同男人脱下军装，神色迥异的照片。不留姓名的人把特产存放在值班室，请我去取。因为不是每个介绍人都像孙参谋的爱人，会把对方姓名、出生年月、身高、工作、年收入、婚恋史、房产情况制作成excel表格。时间一长，我时常理不清他们的细节，会闹张冠李戴的笑话。但我将这些看成办公室人情交往的外围余波，尽量严谨以待。有人以为我是北京人，其实我家在河北。这两年，母亲常转发微信圈里北京会扩都至高碑店的消息。电话里，她嘱咐我模棱两可地介绍家庭和父母工作，说家在北京也未尝不可。

这女人说，她有一个表侄在团里二连当指导员，二十六岁，样貌端正、孝顺、有才干，一直找不到合适的对象，家里担心拖下去更难找。她想撮合我们。

我就是在你这么大岁数结的婚。她说。结婚之前，就在公公家看了几张照片，俩人打了一年的电话才见上面。他们的女儿捏起餐盘里吃剩的米粒放到嘴边，瞪着我，使劲对它们吹气。接着回过身，踮脚拉住母亲的耳轮向内折，好像不想让她听到某件事。

见到他妻子那刻，我脑中竟全找不见一丝和他越轨的确切信息。频繁的通话与适当的见面之间，他没有讲过一句能抓得住的谎话。

敲门声停了。我闭上眼，脑子里，他的脸跟那个孩子一样，带有了妻子的部分轮廓，提醒着他的出处。

几天之后，我和同事还有他的妻子再次坐到一张桌前。我接过她的手机，看她侄儿的照片。喀纳斯湖的观鱼台前，一张娃娃脸被墨镜遮去一半，臂膀和迷彩背心里露出的前胸在反光。我的手指再向后滑，他的脸出现在指腹下端，头戴纸王冠，在插着3、5两支数字蜡烛的蛋糕前，搂着女儿爽朗大笑。

我递回手机。说下个礼拜要去连队办事，会见到这位指导员，我愿意和他多聊聊。她接过手机，神色惊喜。

"您女儿呢？"我问她。"今天没过来吃饭？"

"她爸爸带她吃去了，退伍的战友打了只红嘴雁。"她说。

车子在开往扎玛纳什的路上激起黄土和碎石，百米外的尘雾中，看见连队大门外路边立着人影。

车子刚停稳，肖指导员小跑过来开车门，与我握手。说，"欢迎欢迎，您来我们连，是我们连的喜事。"说完动手去摘我肩上的背包。本人比照片黑得多。

我跳下车，说："您脸色这么难看，还说是喜事吗。"

他笑了一声，连连点头。说："喜事喜事，您的光临让我们蓬荜生辉。"

他差人将我的背包送回连部，带我绕着营房溜达。哨楼底下，我摸出兜里的软雪莲递给他。他惊奇地看我，"您抽烟吗？"

"给你拿的。"我说。

他拆开烟盒,拿出一根来夹在指间。俩人一摸兜,都没带火。

他低下头望着泥巴地里的一只脚印,捏着那根烟搓揉。"听我姑说,您在首都念的大学,在人民大会堂听过报告呢。"

"是的。"我说,"就一次。"

"我姑嘱咐我多向您学习。"他说。

他跟我打听他两个同年兵最近在团里忙什么,我把知道的讲给他听。他聆听的表情让我想起大学时在学术报告厅,抬头就能看见抢坐在第一排的学生凝视老师的眼神。

他说前天宣保科长给他打电话,要派人来连队收集文章,他知道我会过来,可闹不清到底要什么样的文章。

"北京一家部队杂志打电话到分区约稿。"我说,"问机关和连队有没有人在写东西,小说、散文、报告文学什么都行,他们杂志可以集中发表。"

他听了很惊讶,"写这些东西,领导也给算成绩吗?"

"领导让弄的,应该算吧。"

"不会是诈我们,看我们是不是在底下搞小动作吧?"

我看了他一眼,发现他没有在开玩笑。

"不知道。"我说。

"其他连队给您稿子了吗?"他问。

"还没有。"我说。

"哦……那我们连队没人搞这些。"

"最近我们在修靶场,每天还有训练任务……没人有工夫搞这些。"他说。

"还是问问吧。"我说。

他点着头，将拿烟的手插进口袋。抽出手来时，烟跟着滑出来掉到地上。他想去捡，弯腰时没站住，一脚踩在烟上。他挪开脚，捡起那根烟揣回口袋。

"我感觉这是个挺好的机会啊。"他说，"您怎么不写一篇？"

"最近几个会的材料还没写完。"我说。

"我能提供一些事迹和素材。"他还在积极地建议，"多写一点字数发表，领导很重视版面的。"

我听着，陡然把头掉转到与他相反的方向。

送我到接待室门口，肖指导员回了连部。我推门进去，发觉根本睁不开眼睛。强光堆满了房间。客厅像一间化学实验室。茶几上摆着四个骨碟，盛满切成方块的哈密瓜、西瓜、无核白和几根乳黄瓜。保鲜膜粘在盘沿儿上。

办公桌上摆着两瓶撕去标签的赭黄色果汁，一沓没印抬头的格子稿纸，两支留出一厘米铅芯的手削铅笔，一块新橡皮。里屋，白色被褥绷在双人大床上。

我转回客厅拉上窗帘，穿着鞋躺进沙发。嘴里又酸又涩，想吃点什么压压胃，也只是想了想。

门开了条缝，肖指导员侧进来半个身子。"余干事，您看还需要点什么？"我坐起来。说什么也不缺了，请他进来坐。

我跟他说，去了那么多连队，头一回像住进宾馆。

"肯定比宾馆干净。"他说，"前几天听我姑说您要来，那里头房间的地板，我都没让通讯员弄，我自己去打了桶水，先拿钢丝球蘸着洗洁精擦，再用干净拖把拖了两遍。床上铺的盖的，我也让通讯员倒了消毒液洗的。"

我看着他笑起来。他在我的笑声中不明就里地摊了下手,并起双腿。

"别紧张。"我说。

"您来我不紧张。"他说,"以前有大领导来,都得提前打听好人家叫啥,床单被罩缝上名字,不管住几天,怎么洗怎么晒,谁的就是谁的。"他吸了下鼻子,背挺得像草耙子杆。说,"可惜领导不怎么来我们连。"

我问他找到写东西的人没有,他说等待会儿吃饭集合的时候问问。

"您再休息会儿,开饭了我来叫您。"他说着,轻手轻脚地搬开座椅,走出屋子。

进饭堂时,肖指导员紧跟在后。说他刚才问了,确实没有战士在写这些,问我怎么办?要不然他组织战士下午在会议室集合,现场写。可是最近修靶场的任务特别重,连长每天带着他们从早干到晚,怕赶不上交工检查的时间。而且……

"那就算了。"我说。

"等您午休起来,我带您去村民家里坐坐吧,尝尝烤羊肉。现在草长得好,羊也肥……"

"下午请几个人来座谈,聊聊天吧。"我说。

"聊天?"他把脸对准我,好像嗅到了一个敌人。

"聊聊大家的生活。"我说,"也算是收集素材。"

"您打算亲自动笔吗?"他兴奋地搓起手,"我一定全力保障。"

我们在靠窗的饭桌前坐下来。桌上摆了十盘炒菜,三碟面食。

他指着一种象棋似的小麦色油饼,说这是为了欢迎我,特意让炊事员做的沙棘油泥饼,做糕点的面饼铛还是他从老家背过来的。他一边说,一边把他近前的荤菜换到我跟前。

吃到一半，连长来了。迷彩服上全是土。一手端着饭盒盖子，一手拿着馒头，一脚跨进长条凳。饭盒盖子上盛着青色的剁辣椒，拌了酱油醋。我看着他坐下，问能不能吃点儿他的辣子。连长拨走我脸前的冬菇鸡，饭盒盖子往前一推。"吃吧"，连长说。

肖指导员放下筷子望着我，说："这些菜不好吃吗？没有您爱吃的？"

"挺好的。"我说。

"太对不起了。"他说，"我应该先问您想吃什么，要不叫他们再多切几根辣子来……"

"吃吃吃，想吃什么吃什么。"连长在一堆盘子上挥挥筷子，他被连长的胳膊肘捣得一晃，一根筷子掉到地上。

连长腾出拿馒头的手，从机要参谋手里抽出一根筷子给他。

他接过筷子放下。站起来问我："您还要饭吗？"

机要参谋把剩下的一根筷子敲在他手上。说："要饭也是你去啊。"

午休时，我在连部门前敲了半天，没人来开。走廊对面的门嘭地推开，一个士官穿着秋裤，满头乱发，从屋里跳出来。说："你去二楼吧，他在值班室。"

隔着值班室门上的透气玻璃，他背对我趴在桌上睡熟了。俩手环抱肩膀，下巴枕在胳膊上，后背鼓起来又塌下去。是一个皮肉紧张、精神疲沓的背影。

下午，肖指导员照我说的，叫了三个士官和三个战士到会议室和我座谈。桌椅上方，喷洒了过量的栀子花味的空气清新剂。我向在长桌对面的几个人说，待会儿就是闲聊，聊什么都可以。我刚说完，他插话进来补充。介绍我是分区机关的干事，这回来征稿的同时，了解下各个连队的精神面貌，希望大家能多说说身边的好人好事。

"就是让我们夸你呗。"一个三期士官拿大拇指揉着眼睛说。

"我希望能让余干事,看到咱们闪光的一面。"他说。

大家坐在那里你推我我推你地笑,我叫那个笑声最大的士官先说两句。他撸起袖子东看西看,一只手遮着下巴噗噗地笑。突然坐他旁边的一个战士跳起来去掰他的嘴,大声说:"余干事,你看他的牙!快看!"

几个人爆发了极大的笑声,那个士官挣脱了双手捂住嘴,佝着背骂娘。

过会儿他松开两手,搓了把脸。说:"既然余干事都看见了,那就讲一讲,我这两颗门牙是怎么搞坏的吧。"

他说自己以前是军犬饲养员,养的犬退役了,就改行去当连队的马倌。有一天,他们骑马巡逻。他的马走在路上,被身后的拖拉机惊到了,于是掉转方向,朝前边一座山头冲过去。他手里的缰绳一下甩了出去,人也跟着飞出去,在空中旋转了几圈摔回地上。那匹马紧擦着崖壁冲过去,要是当时他还在马上,脑袋就给掀掉了。连长跑过去扶他起来,发现他嘴里有血,问他有没有事。他刚一张嘴,摔断的门牙就掉了出来。

豁牙说着,肖指导员抱起脚边的热水瓶走过来。往我满着的杯子里加水。接着绕到会议桌当头,又拉开椅子坐了下来。

"放开说,继续当我不存在。"他说。

"可我们能看见你啊。"豁牙说。

"没事的。"他抄起胳膊望着我。

豁牙闭嘴不说了。很长时间,屋内没有声音。肖指导员咳嗽了几次,动了动背,说:"那就我来讲一讲,我每次登上哨楼的感觉吧。"

"我跟他们不一样。"他说。"每回上哨楼,我都有那种风飘飘而吹衣的感觉,站到那里来了一阵风,还是从西伯利亚吹来的风,心里就想大吼，登高而舒啸，像古人那样的，用诗歌抒情，把对祖国，对边防的感情，一股脑地表达出来。"

大家笑笑，头埋着，默不作声地玩指甲。电台台长捏着自己的双下巴，漫不经心，嘎巴嘎巴撮响指。

我跟他们解释，说我们现在不是搞调查，也不是采集新闻，就是想大家坐在一起，聊些平日里的生活。

"红红，你说。"电台台长指着一个长得像天津泥人的男孩，"他是我们连队的小人才，会修锅炉、维修电站，牧民的摩托车坏了都来找他，他最能吹了。"

"红红！"豁牙叫喊着抓住红红的手臂举起来，"快！说说为什么叫你红红？"

大家哄然大笑。

"为什么叫你红红？"我问他。

"因为我脸上这两块高原红。"红红指了指脸颊。"青海好多人都这样，又不只有我！"红红叫起来。

"小时候被电打了！"一个人说。

"红红，你以前学维修的吗？"我问。

"不是。"红红说。

"入伍之前你是做什么的？"我问他。

"我能说我以前的事吗？"红红看了一眼指导员。

"说吧！好好说。"指导员对红红竖起大拇指。

"我在家的时候，刚开始是上学。"红红说，"后来感觉上学一天天的，上课下课无聊得很。我就跟我妈说，给我弄几只羊，我放羊去。我妈不给，还要我去上学。我们家离学校七八公里，我每天就骑单车跑去别的地方玩。我妈知道以后去找我，说给你一百只羊，你放羊去吧。当时为了我上初中，我爸妈把羊都卖了，这次听我说想放羊，又买回来了。我们那里，山上一家一家的，隔着很远。我爸妈不放心，每天陪着我去放羊。我放了两天羊，感觉放羊也很没意思。"

红红停住嘴，问是不是太没意思了。他们都起哄，说有意思，要他快说。

红红又看了一眼肖指导员，肖指导员说："你继续说。"

"听人家说，大城市有意思。"红红接着讲，"我就跟我妈说，把羊卖了吧，我不放羊了，我要去打工。我爸亲弟兄多，有十一个。我第一次打工就去的我一个叔叔那里，他包了财经学院的食堂。在食堂干了两个月，学校放假了。正好我姐夫在开面馆，就叫我过去学拉面。"

红红讲他刚到面馆时，每天帮面匠拉个面、前台收个钱，日子很悠闲。过了两个月，他姐夫就把面馆扔给了他，自己在外面玩。他又要收钱，又要管理店里的服务员，忙得腿肚子发胀。有天晚上，一个人来吃面，等得久了点，就开始骂人，摔了筷子筒说要砸店。

面匠师傅跑出来，把那人拖到后厨，俩人从店里打到店外大街上。红红赶紧跑到街道派出所报警，警察说知道了，让他回去等着。红红跑回去等了几分钟，才想起打电话给姐夫。姐夫说他马上给认识的警察打电话，告诉红红不要着慌，会摆平的。挂上电话不久，就在面匠刚把那人打得爬不起来时，过来一个警察了解情况，之后两边各说了几句，把打架、围观的人打发散了。

那件事以后，红红还是在面馆干活，姐夫还是开着广本 SUV 在职专外头钓小姑娘。姐夫说，现在一条街的人都知道咱的面匠很能打，不会有人再来惹事。有一天，一个女孩来店里，跟红红说想找个活干。红红看她长得挺白，声音也好听，就问了姐夫，把她留下了。过了一个星期，她和面匠搞起了对象。

听到这里，豁牙噗噗地笑，说红红不如面匠下手快。坐他旁边的一个士官让他快捂住嘴，别漏风吹跑了红红。

"有一天。"红红说，"我们店里另一个女孩去网吧送面，回来的时候跟我说，看见网吧门口贴了一个寻人启事，找的就是这个和面匠好的女孩子。我问她看错了没有，她就带我去看。我看了，真的是她。可是我不知道该不该打上面留的电话……"

"你不知道这是人命关天的大事吗？"肖指导员说。

"那指导员，我还说不说了？"红红问。

"说……快说……"他们催着红红赶紧讲。

肖指导员朝红红点点头。

"你们想不到，就在那天晚上，那个女孩子的父母到我们店来吃饭。"红红说，"那女孩子的父母手里拿着一张纸，我不知道那就是寻人启事。正好那个女孩子端着面出来，碰上了。一下子，全家人哭得稀里哗啦的，哭了差不多一个小时吧，她父母就开始感谢我们，给我们买了好多东西，我们都没要。我感觉挺对不起这个女孩子的，给人家找了份工作，就是让人家洗碗。这个女孩子，当时跟着父母走了。没过两天，她父母又追回来，把我们的面匠打了一顿，然后把面匠带走了。从那以后，姐夫叫我去拉面，每天七点半起床，拉到晚上。我这辈子都不想碰面粉了。还有一些来吃饭的客人，坐下就开始骂社会。他们每天坐在那里瞎说，特别没意思。"

"哎！"豁牙叫起来，"他们把面匠带去哪儿啦？"

"他们逼他娶了那个女孩。"红红说，"刚结婚的时候，面匠还来店里找我们玩，说那个女的脑子有毛病，为了打架的时候抠他，故意留了很长的指甲。后来，有个同学来找我，要我回去跟他发财，我就回老家了。"

肖指导员咳了一声。红红停下来。

"余干事。"肖指导员说,"他们说的这些没有用吧?要不让红红说说连队建设,讲一讲他们怎么帮牧民救火的?"

"我马上就要说为什么我会来当兵了。"红红认真地掰着手指头。

"那你快点说。"肖指导员对红红挥了下手。

红红说:"我们那个县,很多人是靠偷矿石吃饭的。你们记不记得毛主席坐过的那个车?死沉死沉,敞篷的那个。这车在我们县最多了,基本上,三四家就有一辆。那个车皮实耐用,一般开这种车的人,就是偷矿石的。"

红红讲,头一回偷矿石,他才十八岁。跟着同学去爬四千多米高的山,爬头一个坡,途中就休息了十几次。翻过山,他们进了一个已经废弃的矿捡矿石。前两次,红红拿着大米袋子装矿石,到山下一共卖了五千多块钱。打工四五年了,这是头一回挣那么多钱。后来,红红听人劝说,换了更大的,路边卖两块钱一个的尿素袋子。也不在废矿上挖了,转去有保安值班的地方挖。红红同学觉得不保险,没有跟过去,剩下红红和几个三十多岁的人继续做事。

有天晚上,红红他们去了一个矿,每人装了一袋子背在身上,爬山的时候,手跟脚同时在土里刨。其中一个人说,山上有个临时派出所,他们有枪,而且最近比较活跃。说话的时候,他们都没发觉,矿里的保安已经看见他们,报告了派出所。他们刚爬上山头,山底下就有手电筒照上来,听见有人喊了一声不要跑!他们马上扔掉袋子,撒开了往前跑,只有红红舍不得扔掉袋子,落在了队尾。

红红语速快起来。

"警察对天开了一枪,说不要跑!"红红说,"我还在跑,他们又开了一枪。我吓得跑不动了,赶快趴进一条沟里。我那些哥以为我中枪了,不跑了,警察以为打中了,也不喊了。等了好久好久,我感觉大家都熬不住了,都想走了,就听见山坡上下来了人,是我两个哥。一看我没死,还背着袋子,就骂我,把袋子扯下来,拽起我走了。"

"你以后再也不敢做这种事了吧?"指导员说。

红红摇摇头。说有了那次经历以后,胆子大多了,因为知道警察不会瞄准人开枪。

红红讲有一次他们冲到矿里抢矿石,五个保安只看见门口站着三个放哨的,等追进去,立刻被里头四十几个人围住了,挨了一顿揍。没过多久,派出所拉了紧急,带着冲锋枪上来,追着他们往山里跑。他们跑累了,原地休息一下,听见枪响又开始跑,一口气跑过三四座山。后来山下又过来三辆车,下来十几个穿着黑衣服的人也进山围堵他们。从晚上一直到第二天中午,两边都跑不动了。他们和警察只隔着一座山,警察在那边山头上喊,你们过来,红红这边就喊,你们过来。

开始时,红红这边有四十几个人,最后只剩下几个人。大部分是实在跑不动了,随便往地上一躺,等人来抓。

"那一次。"红红说,"我真是跑够了,我想找个工作,天天追着别人跑。我跟家里一说,我爸就去找了朋友,人家说,警察不好弄,就送我来当了兵。当兵以后,印象最深的是有一次,牧民说看到有挖虫草的准备越境,连长就带我们骑着马赶过去。那些人看到我们就开始跑,我们在后头追,叫他们不要跑,不然开枪。我在马背上追着追着,竟然哭了。咋说呢⋯⋯吓了我一跳。"

"吓哭了啊?!"豁牙嚷起来,"你哭个毛线?!"

"不是吓的。"红红眨着眼睛安静下来。

"余干事。"肖指导员叫我,"红红是我们连很能干的兵,他还小,不知道什么时候说什么话,他说的你别写。"

"可以写！"豁牙说，"红红愿意出名呢！"

红红脸红了，跟豁牙说："你别老叫我说，你怎么不说，你干吗来当兵。"

豁牙说："爷爷做事不喜欢解释。"

其余几个人都怂恿他说。

"老子不想说。"他说。

"那讲讲你的感情，恋爱什么的吧。"我说。

"你想听爱情故事吗？"豁牙问。

"你的恋爱和你来当兵有关系吗？"肖指导员问。

豁牙困惑地摇头，"我不知道，可能有关系吧。"

"而且我也不晓得那算不算什么，那个什么……"豁牙搔了搔后脑勺，声调清晰起来。

豁牙说："我当年是混舞厅的，晚上去场子表演，白天教几个学生跳舞。有次喝了酒和一拨人干起来了，一个人拿着碎酒瓶子朝我冲过来，是我一个学生替我挡了，一个十九岁的女孩子，割伤了腿。伤好了以后，腿瘸了，我给她送过钱，她不要……"

"然后你就娶了她？"肖指导员问。

"没娶。"

"这就完了？"电台台长问他。

"有另外一个女的，我是想说她。"豁牙说。

他说那次以后他还是喜欢混。有天晚上，在舞厅演完节目，他准备骑摩托回家，一个驻唱的女的叫住他，要搭他的车回去。他让她上了车。开到女人家楼下，那女的喊他上楼坐一会儿，那天他困了，就没上去。过了好多天，有两个警察来找他。问他最后见那个唱歌的女的是什么时候。

"我知道，肯定出事了。"豁牙说，"我就问警察，那女的怎么了，警察告诉我，说这女的被人捅了十六刀，扔进了河里。根据死亡时间，我是最后一个见到被害人的嫌疑人。我一下就急了，跟他们说，我没杀人，我是好人。

"有一个警察就说，你要是好人，为什么去年改了名字？其实警察早就开始查我了。他们去家里找我，我爸过世好多年了，只有我后妈在家，她不知道我改名字了，就跟警察说不认识这个人。然后警察问她我人品怎么样，她说还可以，就是喜欢打架。这下我解释不清了，我说改名字和杀人有什么关系呢？可是警察觉得有。我后妈也觉得我很奇怪，为什么要改名字，改了还不告诉她。这些事情，真的不好解释。

"后来警察总算破案了，是那个女的老公，在外头找了个小的，想要跟她离婚，她不肯，那个小的就过来把她杀了。那个唱歌的女的老家不在这边，什么亲戚都联系不上，警察就说，既然她是你朋友，你去把尸体领走吧。

"那天他们把我从派出所放出来，我心情特别好，坐着我朋友的摩托车去医院，一路上，我们俩还在唱歌、骂娘。到了太平间，一个人拉开柜子让我们去看，认一下是不是本人。我过去看了一眼，跟医生说，不对，你们搞错了，这不是我朋友。医生要我过去再看一眼，看仔细一点，我就又过去看了一眼。

"不是，我跟那个人说，真的不是。我朋友很漂亮的，白白的，头发长长的，身材很好，你看看这里这个人，光头，皮肤很黑，很壮，还穿了一件皮夹克。

"那个人说，哎你看清楚一点，这不是皮夹克，是缝伤口的线，她被推到水里泡了两天，肯定不会是原来的大小啊，头发呢，解剖的时候剃掉了。"

豁牙讲，这个女人以前带他去一个酒店跑场子，为企业周年庆跳舞热场。上台之前，豁牙去厕所，出来时被两个酒店保安架到了保卫室。屋里站着四个男人，掏出证件给他看，全是警察。

警察要豁牙交代入邪教几年了，豁牙说真冤枉，我不信那个。一个警察指指豁牙脖子上的挂件，说，既然不信，为什么戴一条这样的东西。豁牙低头一看，脖子上挂了一串佛珠项链，项链上有一个佛印吊坠，但是刻斜溜了。豁牙说，这是我朋友送给我保平安的，真不是别的什么。

"当时，我跟他们在那里解释。"豁牙说，"那个唱歌的女的就去找人，找到人武部一个什么官出面保了我。她一直跟警察说我老实、人品好，讲了好多我自己都不知道的优点。"

豁牙处在一个外人无可了解的内心图式中。神色异常温柔。

"虽然。"豁牙说，"我说了半天，发现说的和余干事的要求不沾边，和我当兵也没毛关系。我就是喜欢部队，说要干啥就干啥。老子真的烦啰唆。"说完，豁牙噼啪噼啪地狂拍了一通桌子。

"指导员，您也给我们讲个故事吧。"红红捧着腮帮说。

"我没有故事。"他嘟囔道，捏着手里的笔帽，一下一下地戳着摊开的记录本。

身侧，水泥色的雾霭卷成柱状体，从山腰上翻滚而下，压在山洼里一排木头屋子的房顶上。强风摇撼门窗。大家兴奋起来，说豁牙刚才一顿乱喷，老天爷要来收他了。大家乱说乱笑，爬到窗台上去关窗户、摆座椅，收走桌上的茶杯。走廊上，有人喳喳喳地敲脸盆，怒吼着你点燃了爷爷的激情！

大伙儿在肖指导员旁边来来回回，他坐在那里，神态索然。我站起来，端着深褐色的茶水从他身边走过。

回到接待室,坐下脱了鞋。肖指导员在屋外敲门,问能不能进来。我蹬上鞋子,去给他开门。

他走进来,连连说着抱歉,下午没聊出什么有价值的,又说刚才和连长商量了,晚上或者明天再找几个人来座谈,他会提前跟他们讲清要求,一定比今天收获大。他说今天下午这些兵,有的岁数太小,没经验,有的快复员回家了,油了,说了很多不该说的。

"他们说得挺好。"我说。

"好吗?"他反问。

过会儿他忽然点头,"哦!我知道您要什么了。"

"你要写一篇和别人不一样的。"他说。

他讲去年冬天,中央台一位记者带队来连队拍短片,放到春节晚会上播。他们去了执勤点,拍一个班的战士巡逻。当时他骑马带队,后头跟着七名战士。在雪地里来回骑行,骑过去一趟,记者说不行,再骑回来,还是不行。他就问记者,说您给个要求吧,我们应该怎么走?记者笑,只说还走得不够好。等再走一趟的时候,一个战士的马脚忽然滑了一下,幸亏他拉缰绳给拽住了。这时记者就在旁边大叫,说好!这条不错,快再来一遍!

"当时就明白过来了。"肖指导员说,"我叫他们往路边上不好走的地方靠一点,再走的时候,前头一个战士的马突然踩到一个雪窝子,马的两条前腿一下跪到地上,战士从马上摔下来,掉到雪里滚了两圈。那个记者就说,太好了!这条可以了!"

"您觉得普通的故事,不够吸引人对吧?"肖指导员看着我。

他盯着地板摇了摇头。"聊这一下午,我感觉没有任何收获。"

我把头靠在椅背上,看他的脚一下一下地踢着桌子下头的横档。

"牙齿缺了的那个士官,家是哪个地方的?"我问他。

"山东。"他说。

"他最会说大话了。"他慢吞吞地讲,"他的牙,不是他说的那样磕坏的。"

他说有一年老兵复员,在连队门口开欢送会。豁牙当时背着一面大鼓走在队列前头。唢呐一响,不少老兵掉了眼泪,他见了也跟着哭起来,忘了鼓点。吹号的老班长在后头踹了他一脚,说你敲鼓的怎么还不出动静?豁牙重心不稳往前一栽,牙齿磕在鼓背上,碰断了。

"这家伙和他媳妇都没说实话!一直说是摔马弄坏的。唉……"肖指导员摇摇头,"等老士官走完了,也没人知道怎么回事了。"

"那他说自己不解释的那些,那俩女人,是真的吗?"我问。

"不知道,那些乱七八糟的事,要是我打死也不会说的。"他说着,弯腰从茶几旁边捡起一个什么东西,扔进了套着两层塑料袋的垃圾筐。

"你这个动作,叫我想起了霍尔果斯边防连的连长和指导员。"我说。

这时他已经在我对面的办公椅上坐了下来。

"你什么时候去的?"他问。

"上个月。"我说,"他们指导员刚做完阑尾炎手术,每天一瘸一拐地在院子里走。捡地上的东西。我问他捡了些什么,他说就是烟头。我说干吗捡这些?指导员就笑,说前任主官把大事都干完了,就剩下他们扔的烟头没人捡。"

"他们连抽红塔山吗?"

"嗯?"

"那是哪个连队啊……"他小声说,"全连都抽假的红塔山,有一个战士的老妈带了几条真红塔山上去给他们,他们抽了两口就扔掉了。"

说完,他带着童稚的神情往后靠在椅背上。望着天花板,舔他的牙齿。

"我有个亲戚,他以前在霍尔果斯。"他说,"零几年春节,首长去霍尔果斯慰问,和战士们聊科学发展观,有个士官说,科学发展观要求以人为本,首长您来看我们,就是最大的以人为本,首长一听就高兴了。我那个亲戚说,其实当时他也跟首长握了手、说了两句话,记者采访他,问他和首长握手是什么感觉,结果他说,首长的手像今麦郎弹面,特别筋道。"

他用手腕擦了下眼角,叹气。说:"今天聊天这几个人,跟我那个亲戚挺像的,不会把握机会,说话没有重点,一看就没有经常思考……"

"你经常思考吗?"

"当然了。"

"思考什么呢?"

"比方说,这个反贪,我认为一要抓人,二要法治,三要思想建设。贪官越抓越少,是谓生灭,法制越来越严格,是谓教化,而培养这个恶有恶报的文化氛围,就是养成……一灭,二化,三养,就是我对控制事物发展的规律性总结……"

我低着头,在他的声音里出了神。

"我第一眼看到您。"他说,"就知道您不会喜欢我。"

他转向我坐着。

"其实结不结婚,我没所谓,结了婚也是这样,一个人。"他说。

"我们连长,很喜欢他媳妇。"他说,"他媳妇是搞测绘的,前两年有一次上山,在连队这里测绘道路,看中了连长。俩人结婚到现在,娃娃快两岁了。但是结婚以后,他媳妇一次也没来看过他。连长给她发照片,她打电话来骂了连长一顿,说干吗拍照用美颜。上个月连长过生日,接了个快递,他以为是媳妇寄来的,拆开一看,是团里寄的教育材料。本来感情很好，才一段时间就这样了，我猜是因为没话说。我们平时干的事，和你们不一样，跟你们说，你们听起来没意思，不想听。你愿意来看看我，我挺高兴的。而且你挺好的，他们说的那些事，你都耐心听完了。"

他走出屋时，窗外暴雨震耳欲聋。无边无际的雨柱抽打着这片低地，在地上激起大团絮状白雾。鄂什库喇蒙尔奇山如探出头来的水下异兽。万物泡在狞猛的水中，看起来热辣辣的。准噶尔盆地以北回到了五百万年之前。那时海水尚在，没有手机，不会响起敲门声。

来扎玛纳什的前两天，卫生队陈队长山西老家来了亲戚，团参谋长也刚接到调职任命，参谋长说干脆一起吃顿饭，把他和我也叫去了。饭桌上刚喝了两口汤，眼前的人和菜就虚了下来。这顿饭是个梦吗？我想扔一只勺子过去，看对面的人是不是真的。

那晚散场后，在超市里推着购物车走在满满当当的货架之间，忽然像走在水底。我提醒自己，别把小罐头塞进兜里，别突然上前抱住某一个人。

有一回在绿岛饭店包厢里吃饭，他脱去帽子，指给我看他头顶上新栽的头发，说他妻子不想被同事看到他进了饭店包厢还戴着球帽。我拆开一袋扒鸡，揪下翅膀给他。他问我跟送扒鸡的人好了？我告诉他，这人刚刚订了婚。

他上山蹲点时，我会在电话里跟他说，有个男人吃过晚饭告诉我，我们之间是生活与生存的区别。一个男孩在父亲被纪检委带走后的两天与我见面，他在深夜发来信息：人生令人厌恶，只是尽力找到平衡点就是，实在找不到，就随他妈的便吧，也没什么。还有一个士官，有次喂马站得太近，他的嘴唇被马咬掉一块，连队的军医帮他缝起来以后，那块肉没了知觉，与人亲吻时他感觉不到什么。

"那个人的意思是你们俩谁生存，谁生活呢？"他的声音在耳边浮动，像一阵细浪。为了维护这段关系带来的情感强度，需要时时可以谈论的话题。就像今天下午的矿山、歌手和面匠，以及和他家侄子之间的细微瓜葛。与相亲者无话找话的饭间交谈，在讨好和冷淡应对之间的信息来往，以及那些刻意打听来的人生风物片断，支援着我与他平白自然、安全无虞地言及情感和彼此窥看。弥补他与妻子勉力所不能及的生活。只要我不用一段确凿的关系喊停，他就会轻声细气地和我说下去。

我知晓了长期以来，愿意在不同饭桌上与陌生人从一个盘子里夹菜，接受打量与盘问的缘由。就在他那晚松开敲门的拳头，再无只言片语之后。

我站起来。窗外的雨水持续扑向它们的故土。迅若飙尘。

晚上，肖指导员带我去了齐巴尔希力克村一户牧民家里。他们削好肉、倒上酒，打开录音机跳舞。指导员双手举着羊肋骨，挡在脸前慢慢地啃。一个牧民过来搂住指导员，说你要是不跳，看我们这样就好像看傻子一样，大家一起跳，你们就会和我们一样，这么样地幸福。

指导员飞快地摇着头往后躲。说："不用不用，不用了。"

走出牧民家，我们沿扎玛纳什河，向北边的1045高地散步。肖指导员指着旁边的一条水沟说，这条河流向额尔齐斯河，那是我们国家唯一一条流入北冰洋的河流。在他伸出的指头底下，那河流像大海退去，剩下的一点印子。

第二天吃过早饭，肖指导员送来一个锦盒。里头装着一枚灰紫色化石，断面上有三根蕨菜似的白色浮游生物。他说想带我去扎玛纳什河上的铁桥看看。我说刚才已和连长说好了，跟着他进山。他小声地问我，

"是不是有招待不周的地方?"我连忙摆手,说:"没有,当然没有。"

走后一个礼拜,肖指导员发来一条短信,说政工网上发表了一篇他写的通讯,承蒙与我的相处,给他前所未有的启发。

某天早晨,一封通报发到各个办公室,大意是肖指导员带连队在翻修靶场时,老围墙倒塌,压死了两名战士。事关重大,务必严整纪律。我看了两位战士的名字,不是那天下午聊过的人。

中午食堂,他和科长在排队的人群里说话。科长问:"你那侄子怎么打算的?"他说:"这就不用再打算了。"

"你不是刚去过那个连队吗?"科长忽然回头问了我一句。

他侧过身来,注视着我偏过脸去。

那时我手机里还存着肖指导员在围墙倒了之前,儿童节发来的一条笑话——末尾附了祝童心常驻,快乐每天的话——

父亲在帽子里藏了一个鸡蛋,就去问小阿凡提,孩子,你猜我帽子里藏着什么东西?小阿凡提说,爸爸,请你先告诉我它的颜色好吗?爸爸说,外面是白色的,里面是黄色的。小阿凡提回答道,爸爸,爸爸,我猜着了,你在一把雪里插了一根胡萝卜啊。

近 况

走出茶歇帐篷之前,泻药就起作用了。屋外,怒阳照群山。半空中有几朵白色的降落伞,大,软,稀稀落落,直直地落下来。两点钟方向的山坡上,对空指挥对高音喇叭大喊,面向中心点!调整,赶快调整!

我朝旱厕走过去,看见科长蹲在里面,露出上半截身子,扶着眼镜往天上看。十多秒后,一个巨大的白色降落伞绸罩住了科长,旱厕四周蒙着黑纱网的半圈栅栏也看不见了。

里面的人!把伞托起来不要搞脏了——

不要拽——裤子没穿上——

操——我OPPO掉下去了——

下去捞——

山坡上的人、科长和刚从天上掉下来的一齐叫喊。来这三个月,科长从没提过让我参加跳伞训练,这是我第一次触摸真实的降落伞。我真他妈的幸运。

五个月前,我调离原单位来到这儿。从连部住进十个人一屋的野战帐篷。随连长岗位失去的,还有每月八百块钱的岗贴、一天三顿好饭。

我们每天在帐篷外端着饭盆打完菜，一等就地坐下，就有人开始大骂，朝坐在另一个方向的炊事班对口型骂娘。要是分区政委来这儿吃一顿，立刻答应炊事班长复员回家。

不止伙食差，这里也缺水。干部轮流带水车去就近的边防连队、矿泉水厂拉水。每周五排队上水车洗澡，每人十分钟。这个礼拜五因为做心理测评方案延误了洗澡时间，我爬上水车的时候，连最后一拨人撒的尿都干了。

这会儿看科长抄着裤口袋走出来指挥收伞。我想也许领导力与洗没洗澡有关系，如果我现在四肢洁净，底裤没有黏在屁股上，阴囊湿疹不是瘙痒难忍，我的气场也会看着稳定许多。

收完伞，打发跳伞队员、陆地指挥和科长离开旱厕。我已经没了之前的肠道反应，就掉头往回走。去指挥帐篷里看会儿教案。科长安排我下午给他们上课，讲心理战。

刚来报到时，领导说既然你本科学的心理专业，就先来搞心理。我很难想象有人在军中以此立足。但还是认真备了课。准备告诉他们心理战就如同他们今早的跳伞，我也看不太明白。科长要我讲一下战场应激，我没法和科长说，辅导员和他们一样怕死，怕子弹打进腹股沟。怕父母还不知道我来了新单位，就被叫过来领抚恤。

初中升高中那年，父亲犹豫是否从股市里拿三万块择校费出来，送我去一中念书。他对我母亲说，如果他是那块料，边插秧也能考状元，如果不是，钱花了也白花。我觉得正是他这种小市民意识，让我没有考上舰艇学院。

高中时，我说假如我进了班级前五，你给我买一块 Swatch 手表，父亲说可以。成绩出来的暑假，我找父亲落实这件事。我们一起去了万达商场，柜台前，我看中一块五百六十块的手表，父亲相中一块折后卖四百五十五块的。最终他说服柜姐，劝我买下了那块便宜了不到一百块的手表。我从没戴过。等工作后第一个月工资到账，我买了一块颂拓的触控心率手表。这块表我现在做爱的时候也不会摘下来。父亲在买Swatch手表这件事上的表现，让我在高考填报志愿时，选择了实惠省钱的国防生。毕业时，学员队长暗示只要有一万块钱，就把我分配到离家近一点的地方。我拖了几天，想该怎么和父亲开口，最终，没有开口。这会儿，我像一个吃草的货，成天在山里移来移去。找不到做事的意义。这些连带我思想的危机、贫瘠都是我父亲节省的产物。

他在二十年工作时间里换了六个部门，在本不该退休的时候内退回家，蹲在杂物间里炒股、看基金。死守过去一点积蓄，抗拒一切不动产投资。我很恐惧在某个岁数，忽然变成他那样，比他还他。每回想到他，就想起家里坏了四年没修的浴霸。

他隔一两个礼拜给我打个电话。每次和他那种自以为洞悉局势的人聊天我就生气，好像掌握了点街头谣言就自以为鸡巴比别人硬。

母亲在堂弟家的工厂上班，给小孩玩的智能狗安装眼睛。下班回家吃过饭就出去打麻将。最近每回给她打电话，她都在牌桌上。说，哎，正要给你打电话。

也许他们从来没想过我是他们唯一的儿子，仅有的儿子。我父亲只会抬起那张方脸，抱着家里有十个孩子的乐观。我母亲随时询问我，又转背就忘记我。从不设想要是哪天我突然死了怎么办？这种父母根本没有预料和承担未知风险的能力，他们只会事到临头突然崩溃。

前天夜里的会议持续到半夜两点。附近距离我们不到两公里的边检站被袭，两人受轻伤。那场会上我不断走神。妈逼的都走了这么远，干吗不再多走两公里？后来想想，他们未必知道这儿还有人。

　　想到在荒地里的消磨，那些讲荣誉信念的会议上，一群人接受精神与指示时兴奋而疲乏的模样，我就觉得痛苦。但在这戈壁环境构成的简单生活里，我同时也感觉到单纯的快乐与满足。

　　有时候觉得城里那些与自己同岁的小瘪们，不是没胆就是没脑，只能在父辈安排得当的职业小天地里实现成就。而我早已甩开自己父母那不值一提的影响力，通过坚忍克己的生活，获得了能在某天失去平静和秩序的世界中活下来的本事。有时候又认为不能这么说，他们的生活中亦有奋斗与艰辛，像我堂弟，二十四岁就要了孩子。可能我们才是逃避的人，他们是勇者。

　　前阵子这里的风很凌厉，忽大忽小，阳光微弱，时有时无。太阳时不时出来会儿，在我们暖和过来之前就又不见了。最近两天却气温陡变，不是刺激神经的冷就是毫无预兆的热。

　　中午刚想躺下睡会儿，科长打电话来叫我去一趟营房帐篷。

　　我进去时，薛排长正躺在科长旁边的行军床上，被一床棉被从脚裹到脖子。在白被罩的映衬下，我觉得他该刮胡子了。科长坐在那儿，看见我进来站起身。

　　"来，你坐这儿看着他。我要去大队长的帐篷。"科长说。

　　"不用人陪。"薛排长说。

　　"你老实点。"科长拿起文件袋往帐篷外走。

　　"他喝酒了，不要跟其他人说，等我回来。"科长对我说完就走出去了。

　　我拉了把椅子坐下来。

　　"嗯。我喝多了。"他说。

他把被罩没有给被芯塞满的一角拉出来,轻轻盖在自己脸上。

"你这样玩过吗?"他在被罩下面说。

"没有。"我说。

"可以试试看。"

"你哪儿弄的酒?"我问他。

"老乡自己酿了带过来的。我就尝了两口,科长发飙了。"

"哦。"

"你老家哪儿的?"他问。

"无锡。"我说。

"我去过无锡……城市很干净。那里有很多日企,有些日本人在本地找了情妇,这些情妇聚在一起,开了几家日料餐厅。你去吃过吗?"

"没有。"我说。

"我吃过。他们住的那片地方完全不像中国了,就跟日本一样,很不错。"

"你喜欢在被子里说话吗?能听得很清楚。"他在被罩下面说。

"你不舒服吗?"

他在被罩底下摇头。过会儿他把被罩从脸上拿开,眼睛眨巴眨巴地看着我。

"今天早上。"薛排长说,"我很紧张。昨晚我做梦,梦见我的伞绳坏了,拉不开。今天早上我请假说不跳了,但是科长怕我过两天考核出问题。结果你看,差一点被屎淹死。"

"你又没真掉坑里。"我说。

"这次死不了,还有下次。"

"你是连长了。"他从被罩底下露出一只眼睛,"你还来这里干吗?你应该天天躺在被罩里,玩被罩。"

"我不喜欢被罩。"我回答。

"那你喜欢什么?"

"下午上课,你起得来吗?"

"不去。"他将被罩一把扯过头顶。

"我好好研究研究这个被罩。这个被罩太好了,在底下看人也可以看得很清楚。"

过了一两分钟,他在被罩底下发出匀称的轻鼾声。我感觉像坐在一个伤员边上。

如果在一次行动中,我也受伤了怎么办?

再过两年,也许科技已发展到有能力保留我的尊严。要是胳膊没了,可以接受肢体的赛博格化,刷医保购买功能齐全的仿生型机械手臂,到时可以在手上充电、插优盘、加热食品。但我抚摸和拥抱过的女人呢?我无法再享受她的肌肉在我指腹下的弹性。无法自然地进入她身体的逻辑和情绪。我也不想乞讨。死缠烂打和靠炫耀残疾搞道德绑架不是一回事。

大学四年,有两年我像狗似的跟在女孩后头。但很难搞到一个。每个假期,我都会去一个地方找某一个姑娘。也许她被缠得最后和我睡了一觉。也许我在那里转悠两天,夜里自己去看个电影。有意思的是,当我去的地方越多,被拒绝和被接受的次数逐渐平衡起来。忽然在某一刻就开窍了。我能十分清楚地判断这次会不会得手,也知道怎么做就能击溃她,让她顺从。

有时我搂住一个姑娘,从反光的玻璃或者镜子看到自己,会长久地盯着自己,搞不清什么在这儿,为什么抱着这个人。大四冬天,土木工程系的一个研究生在微信摇一摇给我发私信,我们聊了两天出去开房。她没洗澡,脱了衣服躺下来,让我骑上去。我去亲她,她没有闭眼，等我动起来，她还是翻着眼皮看我。我一下软了。从她身上下来，下床穿起衣服。带她去吃了一碗刀削面。后来她找我，叫我去一个KTV门口接她。我没回复，删了这个人的微信。

那段时间，我也花时间在另一个女孩身上。用同样的方法对付她。不停索求，逼她屈服于我的低姿态、默许我的手试探边界。但抱住她的那一刻，我没有犹疑与困惑。之前的日子一下索然无味。转而相信也许人尽义务也能幸福。

临走前一晚。关上房间灯，她穿着一件纱裙走到落地窗前。我看了一眼，跟她商量可不可以把这条裙子脱了。她很惊讶，动嘴争辩。

"因为你太年轻了。"我说。

要是她年纪大了，也许需要披一件什么挑逗我。但现在我只要看她一眼，就有做不完的欲望。穿这些反而碍事。

夜里她背对我熟睡。肩头结实而突出。没有衣物包裹的身体，有女人生育前的洁净和清新感。颈后的发丝越过她的背而在我脸前波动。发丝之下的皮肤，仿佛被我磨得细薄。脊背展开，像刚掰开的面包瓤。我从她身体这一侧伸出手臂，将她揽到脸前。她在梦中忽然绷紧身子，随后逐渐松弛下来。她的头发在皮肤上升的热度中发出淡淡的汗味。

那一刻我自知对她有了一种并非精细的、轻柔的牵挂，而是要把自己嵌入她身体的决心。尤其想到往后的日子将如何彻夜地躺在碎石块上的单兵帐篷里，慢慢瘦出老年人的瘦。

在这种地方不能去想那些。可它来的时候，我的脑袋像长在别人脖子上，他想怎么样就可以怎样。在用某种办法把它压下去之前，没有什么可以缓解的。在白天工作的节骨眼上，它烦得我恶心，到了晚上，它又是我唯一所求。我想她怨气的双乳。丰饶角。想到嘴发干，说话都困难。我知道她不会长时间属于我，别的男人会乘虚而入。当我想到她以后要跟别的男人睡在一起,在那个位置上盯着她的后背和脖颈,我就想捏爆那个杂种的头。

备课这两天,我没什么耐心。电话里她一天天的言语温顺,语气中已然没有这个年纪和长相的姑娘应有的傲慢。我能感觉她哭过了。我希望她走。

伊蒙学士①跟琼恩②解释,为什么守夜人誓言里要说不娶妻、不生子,因为在情感面前,责任不堪一击。确实,当你晚上因为想谁睡不着,第二天起来就会觉得握不紧自己的手。

我也有点想喝口酒钻被罩的时候,科长回来了。

科长问,他咋样了?我说,睡着了。

你出来一下。科长说。

科长那张长脸是紫红色的,眼睛很小,嘴唇噘着。说出的每句话都是他想要说的。他很不喜欢和四岁的儿子和老婆分开,在没法和儿子视频的时间里,他总有点恼火的迹象,刻意拿人的弱点开玩笑。他们带病生活,自己早就注意不到了。

下午有人给你打电话吗?科长问。

不知道,我没开机。

下午你不用上课了。科长说。

琼塔什边防连的排长魏宁,你知道。科长说,前天中午两点左右外出,不见了。

不见了?

找不到人了。他说。

---

① 美国电视剧《权力的游戏》中一名角色。
② 美国电视剧《权力的游戏》中一名角色。

之前他给连队说要去哪儿了吗？

侦察拍照。他是一个人去的，出事的时候没人看见。科长说。

有几秒钟，一个牧民老乡从科长右侧肩膀方向一点点冒出来，他的牛也出现了。那头粉红鼻子的牛最近老过来吃草，我前天骑着它拍了照发给魏宁。他说这是你上过的最好看的哺乳动物。我看着老乡和牛走上缓坡。阳光下的六月正午，科长说的听来不像是真的。这种天气的日子，会有什么人忽然不见了吗？

可以想象此时的边防142团。一些人开始动用理性，上千次地尝试弄清这件事。还有一些人在对每个人的责任配比做出微调，落实到纸面一种不偏不倚的口气，讲述众人可以接受的真实。以预防每一个看到文件的人精神世界里更大规模的混乱无序。

每个边防连队都在建立后的漫长日月中产生了自己的症状，自己的奇葩。琼塔什，或者说整个142团的症状就是独。我们早已从先期的连队人际关系模式中解脱出来。建立了新的。我们不相信也不愿建立亲密感，也不指望互相之间产生多少有趣的交流。我们大都希望自己某天像离开时那样完整地回去。通过每天触摸手机屏幕，尽量多地保存来自离开的那个世界的一切。这一点给主官工作带来了巨大的问题。同时另一个负面影响在于，尽管不少人对连队工作竭尽热忱，时常精疲力尽，却看起来傲慢冷漠，不讨山下的领导喜欢。

当我听说有一个南京政院的研究生不肯在团里待着，非要下连队时，我认定没谁会和这个人多废话。

魏宁到连队后两个多月的一天，来连部找我要教育材料。我拉开抽屉，又一把推进去。

书，连长。魏宁说。

什么书？

《午夜之子》。

狗屁！那是我的党章。

是拉什迪的《午夜之子》。魏宁说。

放狗屁！我说。

连长……

滚。

那晚，我收到魏宁一条内容很长的手机信息。大意是说他为今天的莽撞道歉，既然连长说那是党章，那就是，他信了。

那晚我带哨。在他宿舍门口站了会儿，还是进去把他叫起来帮我提手电。那晚他加了我微信，给我发的第一条内容是转发腾讯文化的公众号文章，题目叫"'拉什迪：'9·11事件后，人们理解了我'"。

那天我带魏宁进山里找马，他给我讲了来琼塔什前的生活。

魏宁的父母亲是吉林延边的朝鲜族，八十年代初，父亲为了他母亲，和家庭决裂，带他母亲私奔到北京。魏宁初中时，父亲在四环路边开了一家海鲜酒楼。但魏宁的父亲拒绝儿子接手生意，而是托关系逼他考军校，希望他日后在军内有份稳定工作。

我考研不是因为成绩好，纯粹是为了不去部队上班。学校就够没意思了，上班肯定更没意思。魏宁说。

魏宁告诉我，他父亲也有绝对的道理。自从他们家做酒楼生意以后，他父亲让魏宁母亲监督后厨。每回包厢敬酒，都是自己端着杯子过去。在魏宁大一那年，父亲查出肝硬化失代偿期，次年复查，肝部出现占位，疑似肝癌。魏宁的父亲想卖掉酒楼，魏宁的母亲劝他，要是卖掉酒楼，这些跟了他们五六年的员工很难再找着合适的工作。魏宁这时说想退学回家打理生意。魏宁的父亲坚持不肯，他说当年做生意只是为了家人生计。这些年个中牵涉的压力,他不愿孩子承受。

研究生毕业前一年,父亲频繁安排魏宁相亲,他希望魏宁与其中一位订婚,工作一年后完婚。相亲半年后,魏宁告诉父亲,他准备和目前的相亲对象订婚。寒假,父亲在酒楼准备了九桌订婚酒席。

那天两家的亲友到了八十多位。在其中一张桌上坐着一个带孩子的年轻女人。魏宁爱上了她。即将到来的婚姻在成立之前,就被它的构建者从心理上甩开了。

魏宁向母亲提出解除婚约的想法后,母亲在周末早晨给他打电话,说在学校门口等他。中午吃饭时,母亲跟魏宁讲起那时她和魏宁的父亲不得不从家乡出来,是因为魏宁父亲的家人不接纳她曾有过一次短暂的婚姻。在魏宁初中时,魏宁的父亲从朋友那儿买了一辆二手车。魏宁的母亲简单问了一句,为什么买一辆二手车呢?魏宁的父亲以为这句话的意思是轻蔑,反问她,你不也是二手的吗?

母亲怕他虽然嘴上说不在意她的婚史和孩子,实则内心充满敌意。这种敌意在日子不顺遂时,很容易生恨。魏宁告诉我。

那天,魏宁和母亲商量由他向对方提出解除婚约,父亲这边则由母亲做工作。至于下一场订婚宴安排在什么时间,对象是谁,母亲希望魏宁一年后再做决定。

山上,我和魏宁一前一后在走。太阳银白如胶体,乌云正在翻越山脊上最后一道光线。让人想到若是没有风,就会听到地球在它轴上转着。身侧河谷里冰面破裂,大块漂在水域里噶扎噶扎打着旋。西边坚硬的高地倚着低矮的苍穹,像倾斜的巨浪。你为什么来部队?魏宁问。我想不起之前给别人说的解释是什么,我只记得如何盲目、自决地指挥着几十个人笔直地站着。夜里拎着手电站在门前听睡梦中的呻吟。解决完噬心的欲望后,汗在胳肢窝里变冷,顺着肋骨滑下来。

我跟魏宁说，我几乎每个晚上都做噩梦。二十五岁当连长这件事曾给过我三秒钟的虚荣，之后是彻底的惶恐。我害怕失恋的人在夜里站哨时举枪爆头，担心有人在训练跑步时仰面倒下。夜里有时会梦见自己收下了地方老板给的烟酒红包，给他们我没有权力给出的方便，继而是出逃、追捕的梦魇反复出现。组干股股长拿二连的指导员教训我，说人家知道领导爱吃野味，每回领导上去之前，就进山弄一只回来。边防连长要学会搞农家乐。

我不能博取谁的欢心，且并不以此为耻。

除了怕出岔子和纰漏，我还反感养猪种菜。边防连队相比军队，更像军事与农业科学七频道的示范基地。我想脱身。但我们这些人，除了当兵还能做什么？就像那些坡上的羊，每天啃着石缝里那一点草。南山有比这好得多的草场，可它们走不过去。

半年后，我在家休假时接到团组干股电话，他们说有个调动的名额，问去不去？我没有犹豫，回答，去。

我从琼塔什带走的除了背囊用具，还有魏宁给的一顶帐篷。这顶帐篷可以看外面，外面看不见里面。

晚饭我没出去，薛排长端了饭盆进来搁在桌上。他拉了把椅子坐下来。

你不饿吗？他说。

我躺着没动。

今天有水洗澡，去吗？

我跳下床，端起脸盆跟他走出帐篷。

排队等洗澡的时候，有人给我让位置。

兜里电话响了，我放下脸盆，朝水车灯光覆盖不到的暗处走过去。

喂。

连长。是我。她说。

我知道。我说。

说话的这个女人是军区文网中心的记者,去年她到142团采风,团政委把她送到了琼塔什。当时我们在准备考核,每天拆枪擦枪跑步训练,她来了完全是负担。她到的第一天晚上,指导员在招待室备了几个小菜,叫了三个士官来陪,熄灯后我们坐下来喝汉斯小木屋。指导员问她要采访什么,她说想找人聊聊日常生活,大家轻松座谈。指导员说,谈可以,轻松不了,大家最近挺辛苦。说完没话了。我们的身份控制个性的体量,而琼塔什的海拔和偏僻难行的路况,更让这里的人行知木讷。

第二天,她跟指导员去点位巡逻,我在连队看家。午休时刚想把指导员下载的《釜山行》看了,就接到女友电话,说她逛淘宝看中一个戒指,让我买给她。我先是开口答应了,聊了会儿别的,又忽然想起戒指的事。我告诉她,这个戒指我不能买,她可以选一件同等价位的其他礼物,但不可以是戒指。她平时很明白话语之间的进退,那天却反复逼问。终于以提问的方式跟进。

你是不是没想过跟我结婚?

想过。我说。

什么时候?

我不知道。

那就是没想过。她说。

真想过。我害怕。

我知道她会向我说这句话的出发点的反方向去考虑。认为我害怕承担责任,玩心没收,不想过早被一个女人绑定,诸如此类。我也不愿去纠正她。我不能跟她讲，指导员的老婆要离婚，还要带走三岁的小孩。军医每个月给他女朋友三千块零花钱，相处一年还是分开了。军医半夜发朋友圈：

无人与我立黄昏，无人问我粥可温。无人与我捻熄灯，无人共我书半生。

看见魏宁在底下回复了两句：明朝红日还东起，流水难消壮士心，军医又把刚发的删掉了。我知道，偌大的142团总有过得下去的家庭，可我没把握自己有那个运气。去年元旦，指导员妻子上山来看他，自己掏了一千块在山底下包的黑车，下山的时候，我去找矿上协调了一辆材料车。看着嫂子往后座钻，缩在几大包装土方的烂袋子旁边，心想做军属就他妈和往罐头里塞午餐肉一样。今年，指导员和妻子连架也懒得吵了，无话可说，直到对方提出分开。这些人难免让我自我联想。我知道她不是她们，同时也证明不了她不会成为她们。我也搞不清楚是掌控婚姻这件事超出了我们的能力，还是我们的工作和精神状况就不适合结婚。还有我的父母，我没有把握她可以接受一个迟迟不更换浴霸灯的家庭。

那是我们第一次触及这个问题，双方都没准备。话说得不体面，语调也滑稽。晚上，我给那个记者去送开水壶。她请我坐下聊会儿，我就真的一屁股坐下了。第二天早晨五点半，才从她房间离开。临走时我对她说，请你写写和你说的这些人的事，哪怕就提一下，几行字，证明这种生活是有意义的。

她回去后不久发来一篇小说，请我看完提修改意见。那篇小说的主人公有点点像我，比如他小时候想吃泡泡糖，父亲不肯给他买，他就攒了三毛钱，从他表姐那里买了一块她刚刚嚼过的。这件事就是我那晚说给她的。但她写的文章里没有我要找的东西。她的文章就好像在说，喏，下雪了，这有什么意义吗？

这时，她在电话那边告诉我，军区安排她转业。我问她现在什么感觉，她说挺好的。父母和孩子都在武汉老家，她可以回家尽义务了。

她在连队之后两天，都是魏宁在陪她四处转。我想告诉她，此刻和她分担这件事的重量。也就单单想问她，如果神让一个人摔了一跤，是为了教会他站起来，那么让他不见了，是为了什么？

挂断电话，发觉已走到无人的暗夜。我转过身看到人声鼎沸的水车、灰暗矮小、毫无气势的帐篷，梯形巨岩，惊讶于在这片历史上斗争过剩的土地上，这些简陋蛮横的景观怎会孕育出我们力求理性的生活？

看着扑闪脆弱的灯光，想起我们背井离乡孤注一掷，日日苦练，不是为了求死，也不是为了获得一张脑门上发亮的夜视镜下，被疲倦和忧虑侵袭的年轻的脸。我又试图回想，在过去的日子里，到底是我在哪一刻做的哪件事，把我带到了这块高地。是我父亲不肯掏择校费的那一刻吗？还是我下定决心当国防生，队长的提议不了了之的那一刻？是我出塔斯塔拉塔，过克斯尔卡拉时，铁列克提达坂的粗雪抽在我脸上的那一刻？还是我在那天的会上，渴望亲眼见识我的敌人，由此标明我们在此地生、死之意义的那一刻？

被海水劈开的小山跪着，山风巨大的耳语从断崖传送而出。我很想给组干股打个电话，让他们看手机上魏宁最近的一条朋友圈。能写出"君不见玉门亦有春风度，昆仑直下阅大江。黄沙且做瑶池液，我与天地饮一觞"的人不可能逃跑。如果他此时已走入另一个良夜，这座山，从此往后你的名字就叫魏宁。我把帐篷扎在这里，看守着你，使你免受武器和任何暴力的侵扰。当某天我须离开此地，到时可以对你说，那该打的仗我已经打过，当跑的路我已经跑尽，你我所信的我已经守住。

有一回领导要上山检查，我们怕连队的一匹军马乱跑，就把它关进马圈，每天喂苞米。那天外面下起大雨，那匹马伸出脑袋去舔水洼里的雨水。等饲养员报告时，这匹马已经腹胀如鼓，四条腿撑得直直的。它咽气后，我拿刀划开它的肚皮，花了半小时放空它肚子里的气。第二天，指导员率全连为军马举行火葬仪式。他念了一篇发言稿，讲述这匹军马不同寻常、光荣奉献的一生。念毕，全体敬礼，魏宁上前点火。我们站在一旁，看着火焰围裹住柴堆和马匹。过几分钟，我在后面戳魏宁的腰，说这味道真香。魏宁说，这就是荣誉的味道。

等我在离水车将近一公里的地方逛够了，寒冷的夜风将我赶了回去。水车今夜的工作已经完成，我还得多臭两天。

科长在指挥帐篷，白天薛排躺过的那张床上，伸展着手脚。像跳伞摔断了脊梁，眼袋更深了。我进去时，他用夹着烟的那只手向我摆了摆。

在晚云上

群山高举。阿克鲁秀达坂西侧的 03 号雪峰，铅矿一样沉静，在雾霭凝结的白光中漂流。鹰在落日里乘着上升的气旋，带着它自身凯旋之美。

每年这时候，七八月份，连队会进山与南部边境线相接的 141 团 1 连会哨一天。先进点位互赠锦旗，会餐时再互送礼物。临行前，副团长让随行的司务长核点一遍物资。司务长的爱人前两天来电话，医生说他们刚要上的第二个孩子不再吸收母体营养，必须终止妊娠。连长原本不让司务长这一趟跟着进山，但指导员说有副团长参加，保障工作还是得找靠得住的人。司务长嘴里念念有词，挨个翻了翻马背上的背囊，过会儿来报告说，副团长，可以走了。

这个季节进山巡逻，一般选择晨间出发。那时山谷气温低，少有融雪，河水量小平稳。等到午时，山谷被晒化的积雪奔流而下，下午七点左右河里就开始发洪水。这次会哨的 03 号峰海拔 4529 米，途中翻过两座山。早晨从连队走，夜里在护边员萨哈提家休息一夜，第二天一早十点左右就能到达阿克鲁秀达坂的前哨点。

一行人骑着连队的十二匹马，跟站在营房台阶上的指导员和全连弟兄挥挥手，就向西面山里进发了。

　　下午六点多，骑马过回水湾。一个一期士官拽着缰绳在岸边打转，他的马怕水，不肯下。士官跳下马，抚摸马头，给它梳理鬃毛。牵着马在河边站了一会儿，之后再上马，骑着它绕行小跑了两步。将要下水时，马突然在岸边急停，把士官甩进河里。副团长和连长听见喊声掉头回去，看见卫生员抛出背包绳给他。士官伸手够了两次没碰到绳子，被急流冲到了河道七八米宽的地方。这时他展开四肢，挥动胳膊，扑棱几下游回了岸上。

　　"乖乖，头一回见青海来的会游泳。"卫生员说。

　　青海士官的马把他撂进河里就跑了，连带马背上的背囊。卫生员给他裹上毯子，拿了一瓶水一个馕。他和其余人招招手，自己往回走了。

　　夕阳已西沉，气温骤降。映照在他们身前山冈上最后一抹明晃晃的余晖也已淡去。松林色的夜间到来了。连长将脑袋缩紧，听马蹄噌噌地踏击着岩块。副团长骑乘的那匹棕栗马，发出一声低沉和缓的嘶鸣声。

　　"它的马掌。"副团长回过头来看着连长，下巴朝他骑的马努了努，"蹄钉松了。"

　　"想着走山路不用跑，还没补。"连长说。

　　副团长用脚碰了碰马肚子上的背囊，回过身去不说话了。

　　司务长勒了一把缰绳，马头靠向连长。看看连长再瞪了一眼副团长，嘴角一瘪，意思说，副团长刚怎么没飙？

　　连长也瘪了瘪嘴，表示不太清楚。连长手伸进内兜，摸出一根烟递给司务长。他伸出戴着皮手套的左手稳当地接住，轻轻插进棉帽的卷边里。

看远处四周。如此巨大的空间一度有过海洋,而现在,岁月悠远,冰层凝固。各种事物都慢慢脱离了海洋的属性。只有月亮仿佛忠于往昔的时光,依然在老地方。

到萨哈提家时已近夜里十一点,除去路上一个士官的马踩进旱獭洞伤了前蹄,带马返回连队,一行还有十人。萨哈提和他老婆在大屋里烧奶茶,焖羊腿肉抓饭,连长和司务长在杂物间炖杂烩。

那时,连长刚上山任职。晚上司务长来连部,说在山下刻了两枚章子送给他,一枚公章,一枚私章。公章用的宋体字,私章用的楷体,私章侧边刻着"恭喜发财"四个小字。过了几天,司务长来找,问怎么不用他给的那枚私章,连长说这里不是发财的地方。之后在连队这两年,司务长对财务的事比较可丁可卯。

"你媳妇怎么样了?"连长问司务长。

"还可以。"司务长蹲下捣了捣灶底的柴说。

"有个儿子其实也可以了。"

"就是。"

"咸不咸?"连长问。

司务长从锅里冒出来的热气抓了一把,往脸前一闻。"嗯,还可以。"

"那他妈肯定够咸,吃你的饭就是伤肾跟你说。"连长说。

"狗屁,你少弄两下肾好好的。"司务长说。

卫生员嚼着黄瓜进来了,蹲在灶前捅了捅柴火。

司务长边说边在锅里翻铲子,"一回家儿子就叫我讲故事,回回都是葫芦娃大战奥特曼,再真没得可讲了。"

"那你给他讲葫芦娃大战七仙女啊。"卫生员说,"还能隐身呢,又是水又是火。"

"还能大能小呢。"连长说。

"哎,大,能兴云吐雾,小,则隐芥藏形。"卫生员说。

这会儿一个士官抱着一沓子馕进来,对卫生员说:"说龙呢吗?"

卫生员看了他一眼,"说你呢。"

两锅炖菜端到炕上很快捞完了,就着连队大棚里摘的鲜黄瓜,喝点背囊里带的可乐,萨哈提老婆端上来的羊腿肉抓饭也吃得精光。萨哈提搬进来一袋羊粪饼,司务长和两个二期士官在炕前架火。几个士官去了隔壁屋打钩机。副团长盘腿坐在炕中间,伸手摸了摸右面土墙上结着的霜。

这是副团长从野战师作训科调来团里任职的第五年。他想,这还是个说得过去的年头,如果再待上两年不调职,他父亲就该说这是个阴谋了。像父亲当年在正师职岗上退休,他说这是被人算计的阴谋。

犹记得军校毕业时,父亲说你爷爷是团职干部,我是师职干部,对你没要求,自己看着办。

父亲从来不提具体要求。这促使他选定了一种文明的、不痛快的堕落形式——凡事追求最谨慎妥帖的一面,拒绝任何鲁莽、轻率,限制一切意料之外的精神释放。军校期间,他状态积极。并不因为他珍惜学习机会,或对参军真正有兴趣,他只是听从安排,照猫画虎。毕业两年,刚从野战师基层调到机关那段时间,每晚加完班,得吃上两片睡美宁才能睡一会儿。

回家吃饭,父亲抢过母亲手中给他添饭的碗摔在客厅里,要他放下筷子去厕所照照,一个军人蓬头垢面,胖得像头猪。他不会说自己神经衰弱,周末加班,两天睡了四个小时。也不会说他总在事情出差错时责骂身边同事,他们极少打扰他,也从来没有邀请他到他们的家,热闹地吃上一顿。为什么他们这拨大院的孩子,明明可以出去做任何一种工作,却像一捆湿柴堆在这里。为什么父辈越挺拔,他们越松垮。为什么一,为什么二。

父亲在离职前那段时间,蓄积着强烈的斗志。身上的慢性湿疹和神经性皮炎发作频繁,仍强迫性地不停洗手。他坐在父亲身旁看新闻,父亲接了一个电话后回来坐下,盯着电视里的洗衣液广告双手反复搓揉,毫无意识地撕拉甲盖边缘和手掌皱起的皮痂。他觉得那双手想说点什么,说出某种历史性的,古老的惶惑。他也想站起来洗个手了。

屋里架起火来有些燥热,脸烫得很,脚像结了冰。连长掀开挂在门口的毛毡走出屋去,深吸了一口山谷里寒冷的夜气。积雪覆盖的山脊厚实、整洁又浑圆,白过冰。月光直直切下,在雪上发出微蓝的光。这里没有烧羊粪的烟味;没有米饭、胡萝卜丁、奶疙瘩、奶皮子、羊腿的香味;没有萨哈提炕上从厚毡子里冒出来的烈酒气;没有人挤在一起嘴里嗝出来的涮味,和脱下作战靴的酸臭气。

他们骑上来的马伫立在牲口棚里,厚重的鬃毛披盖着它们的脸。副团长骑乘的棕栗马喷出一声鼻响,雾气在空中凝结成细小的冰珠。健壮的肌肉随前腿迈步时拉伸,带出一阵热气。过会儿,棕栗马收回它的腿,定在那里,和连长一起嗅着棚下香甜的甘草气。

副团长上任第二年。有天下午,连长和司务长在大棚里扎架子,指导员在荣誉室磨石头,各班有的睡觉,有的打游戏。副团长的车开到营房跟前,连队值班员才看见。文书去荣誉室把指导员叫下来时,副团长已径直跑上二楼,踹开一班、二班、三班的门,又跑下楼踹了炊事班的门。"他妈的一帮肉头。"他边踹边喊。整个契利尔边防连在营区人员,除了哨兵，三分钟后都跑进大厅。副团长解开迷彩服拉链，要连长打开枪械室，他走进去，拿起一杆枪摸了摸灰，拉栓试了两把，放下枪一脚踹翻了凳子。

指导员拽下迷彩帽扔在地上，回连部关门上了锁。连长集合连队，请副团长讲话。副团长阴沉地看了所有人一眼，说你们自己看着办。就和陪他一起上山的作训股长下山了。

副团长的车还没出连队，指导员的告状电话就打到了团部。政委到山上时已是夜里，车停在连队大门口拦车的吊杆前，政委等了等，见吊杆没有升起来，就下车步行进了连队。指导员拉起袖子，给政委看胳膊上给铁丝划的血道子。跟政委说，全连除了站哨值班的，大清早都跑去边界线拉铁丝网，干到下午才回来。连长在菜地里绑西红柿架子，他在磨石头，大家都原地休整，表现还要怎么好？政委劝慰他，意思是，副团长从野战部队调过来，对边防连的要求也是依凭老单位的标准。

那天后半夜，指导员回屋写检查，连长和政委在招待室又坐了会儿。政委说这两天他闺女在学校跑体能伤了右膝的半月板，怕她承受不住训练强度会抑郁。现在又怕指导员或者副团长不适应环境抑郁了。连长给他点了根烟。政委在这个位置上待了八年，有时候觉得他不过是一个人，有着人应有的限度。

听政委讲，副团长的父亲原是军分区的师职首长。副团长大概从来不用像指导员这样可怜，操着一口云南腾冲的山人口音陈述委屈。他的职业生命从其父亲前程初备形态时就已成形。

大屋里热气缭绕，蓝色的香烟从副团长的鼻孔里喷出来。刚才连长掀门帘出去了，此时屋里就他一人。对面屋子打牌、起哄的吵闹声传过来，油、蛋、羊腿肉、烂白菜的香味在他的肠胃里暖烘烘地发酵。饱是饱了,他还想再掰半个馕泡奶茶解馋。

以前在家吃饭,父亲要求每餐光盘。有一次母亲看他回家,多炒了两个小菜,父亲就在桌上骂起来。说他母亲做事没有计划。他母亲不吭声,埋头吃,把多做的菜都咽进去了。他母亲嫁人之前在毛纺厂当质检员,喜欢拿点出口的毛料做衣服裙子。现在,父亲要求他母亲买衣服不超过五百元。他上军校时给母亲买了一件羊绒衫,母亲收起来一直不穿,过两年他想起这事,母亲找出来一看,已经被蛀了些窟窿眼。

在漫长的生活过程中,他默认了母亲的态度,与母亲一起领受父亲的要求和意愿。高考前夕父亲很少回家,到家必是列出对他的几项不满意。父亲走后,母亲继续回到电视机前坐下,不发一语。他带着书走到院子里的小树林,点上烟先吸两口,烟头再照胳膊上摁两下。

工作后不久,父亲表扬了他。那个周末他一瘸一拐地回到家,说起单位分给他的老房子紧挨着垃圾站,那天看出太阳,开了会儿窗户。晚上下班回家一开灯,客厅的窗帘上爬了几十只苍蝇。他拿起苍蝇拍去打,苍蝇四散飞进各个屋子。追着打了两个多小时,还有几个钉在客厅天花板上。他找来一把高凳子踩上去,用力挥拍子时眼前突然一黑,凳子向前滑倒,人摔了出去。他母亲听完叹气,说也不找找人,要套新一点的房子。他父亲骂了他母亲几句,告诉他回去自己掏钱安个纱窗。凡是做大事的人都能忍耐。不要开口要好房子,给别人留话柄。又说起听战友讲,某某的儿子当了团长,在训练场上夺过战士的枪,对天铛铛连放了好几发以示自我庆祝。父亲说,这种愣逼没前途。还是自己儿子好,做事沉稳,不多言多语,是成事的材料。那天晚上,父亲进他屋坐了一会儿,放下一瓶美国进口的安眠药。

前些年,父亲还有自己的一摊事分散精力。现在,他感觉那些被重新调动起来的不甘、愤懑,都集中到他身上,而他无法说出那句话。他只是告诉父母,他在喝减肥茶,瘦了之后体能会很快回升。

他看了一眼刚从屋外进来,坐在炕沿上的连长,他的右手胳膊肘搭在屈起的右腿上,整个身子一副防卫的架势。他知道连长的父亲是当警察的,连长身上也有那么点意思。他小口小口地啜着碗里凉下来的奶茶,突然呛着咳了起来。没放稳的碗倒向一边,毡子上出现一小片湿渍。

"去把锦旗找出来。"说话时他的鼻孔还在不停地掀动。"挂起来弄展一点。"说完端起碗把剩下的茶底抿得干干净净。

"这个包里没有。"司务长舔了一圈嘴唇说道。

"几个背囊你都找了?"连长两手在包里翻找,朝放背囊的墙脚扬了扬脖子。

司务长连连点头,结结巴巴地说:"我……操……我卷巴卷巴放进筒里,那个筒也找不见了……好像真是挂在门后头忘拿了。"司务长直起脖子四处张望。

连长找出北斗手持和连队联系,等了一会儿,没有回复。

副团长走进来,线条分明的嘴唇紧闭,绷着面孔。

"没找到。"连长说。

"没找到还是没带。"副团长说。

"应该是忘带了。"连长说。

"应该是?"

"我给连队发信息了,可能没收到。"连长说。

副团长毫无表情地盯着司务长,"那预备怎么办?明天跟人家说锦旗落连队了?"

"我回去拿。"司务长说。

"现在几点?"副团长问。

"十二点。"连长说。

一行人聚到屋里。商量让一个二期士官去东南方向的武警边防哨卡，找他们用卫星电话和连队联系，连队派人往上送，连长和司务长骑着马往下跑，争取早一点会合，拿上锦旗就往回返。顺利的话，明天一早能赶回来。

几人一道去牲口棚里牵马，之后二期士官向南面去了，连长和司务长向山下骑行。脚镫透过鞋底传来凉意，虽然天这么冷，连长还是觉得口渴。

司务长给连长递烟，说自己大意了，连带害了他一下，过意不去。连长接过烟，点着抽了两口才跟他说，刚才的炖菜放多了盐。

连长的父亲在他读小学时还是基层刑侦警察。有年市里发生一起杀人碎尸案，抽调他父亲过去协查。连续一周的现场勘查中，他们只提取到碎尸用的钢锯，就是找不到作案刀具。那天父亲跟着侦查指挥员和专案组同事去另一个关联现场查找分析。指挥员顺手从写字台的笔筒里拿出一把美工刀，裁开几张 A4 纸分发下去，让他们现场做观察报告。中午发盒饭，父亲端着他的饭盒坐到写字台上，把美工刀和那沓纸往边上一推。过会儿父亲放下盒饭，拿起美工刀对着光看了又看。他拆开美工刀，在刀鞘里发现了被冲洗后残留的血迹和人体组织。

父亲由此受到上级重视，开始岗位调动。连长高二时的大年初一，叔叔来家吃饭。父亲陪他在小屋里喝酒，叔叔提及要他注意一点，别贴着个别人走太近。父亲哈哈大笑，说在儿子出生那天，他去一家旅馆办案，推门进去，受害人仰面倒在血泊中，一枚弹丸从其眉心穿过。父亲看到他的手中，尚紧紧地握着一把扑克牌。一副好牌。

半年后，连长父亲的上司被查，他随之停职。那段时间，连长在银行工作的母亲眼压升高,青光眼愈加严重,处理完手头客户的两笔贷款后离职。几乎与此同时,父亲保住平安,得到一个重回基层岗位的机会。

连长升上高三那年,叔叔把在他们家楼下的那套房子腾出来,让他住进去复习。父亲在离家公交车程四十分钟的派出所当片警。有一天,父亲下楼给连长送切好的哈密瓜,连长说不想吃让他端走,他坚持往桌上放,被连长夺过盘子一把甩出去。父亲把碎盘子、瓜块扫干净,光脚在地上来回划拉了两趟,没说话关门出去了。第二天晚上,连长看桌上放着一部对讲机,拿起来时它响了。父亲问,吃不吃哈密瓜?

高考填报志愿,连长想报军校。父亲问他记不记得三岁那年,他的生日愿望是和爸爸一起穿警服上班。连长说记得。但现在,那个愿望背后的神秘和魔力已经不存在了。那年父亲给叔叔讲的故事不错。摸到什么牌都好,能打出去就行。

送连长去学校报到不久,母亲做了青光眼手术。手术失败,视神经烧死。三个月里,母亲两次试图自杀。有一天父亲上班时接到母亲电话,母亲说如果他二十分钟内不能到家,她就跳楼。父亲赶回家,发现母亲躺在阳台的藤椅上睡着了,额头延伸至太阳穴的位置上画着很多条黑道道。

一天晚上,母亲宣布从今天起,她要做一个瞎子。父亲下了班回到家倒腾家具,将摆设调整到适合母亲起居。再架着母亲胳膊一遍一遍熟悉走道。他一方面好像想把那几年在外的蹉跎补回来,另一方面好像是母亲在领着他走。母亲让他敬畏,给他希望。

自从知道母亲再也看不见了,和她说话时,连长反而会专心致志地注视她。不东张西望,也不会掏出手机来看。有时她边说话边转过头来面向连长。强烈的阳光从她身后窗户斜照进来,让她的身影变得虚化。

她的眼睛，那一对蓝色的瞳仁，使得她养成了一种表情，让她的样貌有了改变。那种表情不是悲伤，也说不上愤怒，就像是她看到儿子小时候在作业本上，一直把阿拉伯数字8写成两个上下脱节的0。或是药太烫喝不下去，先放在一旁，想起来去喝时已经凉了。

连长问她有什么愿望。她说想出去做个眉毛。以前她看不上同事文眉，觉得不自然，现在自己也画不成。母亲文完眉毛那天下午，连长陪她在小区散步。她让那个院子里想看笑话的人大失所望。她镇定自若，无动于衷，看起来依然容貌清新，身姿挺拔。仿佛灾难发生在别家，与她无关。以前家里的生活似乎通过一根看不见的线牵在某人手里，想收就收，想放就放。现在线挣断了。但他们从不认为生活已经到头，母亲在生活中的权威至今真真切切，这个家庭仍有一种深层的稳定心态。

人可能拿起一把裁纸刀，拿拇指推了两下就改变命运。可能今天能自己画眉毛，明天就不能。也可能把锦旗装进筒子里，挂在门后忘了拿。

山风奔袭，打算要将他们和胯下的马吹出山外。寒气一个劲儿从领子、袖筒里钻进去，肋骨和脊背冻得发硬。两条腿麻木如铁。俩人缩着头，生怕喉咙抽筋。

"你说世界上有没有鬼？"司务长说。

"快有了。"

"啥意思？"

"咱俩啊。"

"真他妈的……唉。"司务长又烦躁又懊恼地咳出口痰吐了。

"我妈以前从来不信，这两年老跟我说有。"连长说。

"你妈不是眼睛不好吗？"

"嗯，她自己在家坐沙发上看电视，说就感觉有人坐过来，沙发那头往下陷了一点。看了会儿可能没意思，那个东西就起身走了，去了卧室。然后我妈听见衣橱抽屉拉开了，有窸窸窣窣的声音。"

"然后呢？"

"我妈就喊，说你轻一点，别翻乱了。"

司务长笑起来，俯身弯腰抚摸了两把被风吹向一侧的马鬃。

"我媳妇那天打电话给我说，我们儿子那天在家玩船模，突然就抬头对着厨房喊了一声，我媳妇问他干吗，他说厨房有人进来了，我媳妇说门和窗户都关着，瞎说。我儿子说他从厨房进来，又从前门出去了。"

"小畜牲那通胡说八道估计把我媳妇吓着了。"司务长说。

"要是我在家，啥屁事没有。"他又嘀咕道。

司务长之前想退役，连长和指导员接连几夜做他的工作。这里的骨干想走都难。三连连长在朋友圈发过一个笑话，孟婆和阎王说，我在奈何桥边待了几万年，实在无趣，想投胎去人间走一圈。阎王说，好，你把这碗汤喝了吧。喝完就问孟婆，你还记得你是谁吗？孟婆说不记得了，阎王说，好，你以后就叫孟婆，你去奈何桥边给人送汤吧。

"你说连队的人出来了没有？"连长问。

"最好他们先过回水湾，不用咱们过河。"

司务长紧了紧缰绳。刚才猛烈的风渐渐小了，雾霭裹挟着乌云涌上来，不一会儿飞雪遮住天空。马用胸膛压着风往前走，蹄铁在沙砾地上沙沙带过。雪落在领子上化得很快。吸口气，牙齿酸疼。

到回水湾时看了下表，还不到四点。连长想把腿从马镫上抽出来却发现动弹不了，刚才骑行时间过长，忘了把脚放下去抻一抻。司务长跳下马，过去拉住他从马上往下拽。连长一屁股掉到地上，坐了好一会儿。

司务长从包里拿出应急手电，拽出三根背包绳开始打结。

"你先过，我拉着你，有情况马上拖你上来。"司务长说着把绳子往连长腰上绑。

"你试试拉紧了吗？"连长说。

"行了。"

司务长抽上根烟，拽着绳子站在河边，右脚掌抵住一块石头。冰块浮动的水流嘎嘎作响。连长上马，回头看他，他冲连长摆手，"去吧，不会淹死你。"

雪青色的河水向东涌动，连长勒着缰绳引马下河。冷风剔走毛孔里的热气，不止裆下没有知觉，也感觉不到腰上的绳子。下了几百万年的雪持续不断飘落，河面的反光叫他心烦。

上山之后的第二年探家，连长和初中同学在聚会后来了一次。初中开了游泳课，大家自带泳衣和救生圈。她穿来一件救生衣，胸口写着：抗洪。探家那次，发现她参加工作以后知道收拾自己了。个子也长了，比连长高出半个头。连长的脚后跟摩挲她的脚腕，像抚摸泡在温水里的鹅卵石。那一次确实做了很久，久到连长怀疑这是阳痿的先兆。如果眼下掉进水里，这个温度大概能把他的卵蛋冻成妈了个蛋。这几天那个地方还有点痒，可能是摸了猫没洗手就去解手。连队的猫整栋楼里跑，哪儿都钻。有时候晚上睡着了，第二天掀开被子它先蹿出来。

前天夜里查完哨，连长去荣誉室准备打个电话。看见荣誉室里亮着灯，副团长蹲在地上，正在给那只猫揉肚子。过会儿捏起它下身一截软骨搓动。那只猫嘶叫一声，抽搐起来。副团长袖起手看着它，又伸手按了按它的肚皮，哼起了军歌。

连长不明白副团长为什么会在这个荒僻的地方凭此打发时间。在这种寂寞无聊的环境里，他的家庭背景、招女人喜欢的外貌和文雅的风度毫无用处。他的特权，就是和连队这些人一起靠体力劳动默默忍受。或许，他的家庭真的给了他信仰和抱负，使得他由衷地相信自己正在分配正义，献身荣誉。又或者，他就是单纯地喜欢晋升，为自己处于家族序列中的重要位置上深感骄傲。

连长俯下身，弓起后背。这时，马的肌肉有一阵不由自主地抽搐。它响了一声马嘶。稳健地踏上河岸。

司务长在背后喊了一声。连长回过身，看对面河岸有两个人正朝司务长小跑过来。

指导员和一个上等兵走到近前。指导员抱起膀子在对岸一块石头上蹲下。

"去你妈的，刚爬上来就看见你下河了。"指导员喊话时音调低沉发抖，在风中呼出明显的哈气。

马抬起前蹄打了个激灵。连长紧了紧手里的缰绳，掉转马头再次下河。

上岸后，指导员带的那个上等兵湿漉漉地走过来，帮连长解开腰上的背包绳，连长问指导员："没去找老乡借匹马？"

"肯定是借了骑过来的啊。可是你敢拉人家老乡的马下河？我冲走了国家赔，马冲走了是咱俩赔好吧？"指导员的湿衣服贴在身上，看起来格外瘦弱。

上等兵把装着锦旗的筒子递给司务长，司务长感激地拍拍他的肩。

指导员动了动肩膀披着的雨衣，指着上等兵说："这小子挺机灵，还知道带件衣服，虽然穿上没什么卵用。"

"你们俩骑走一匹马吧，背包绳也给你们，这个气温过两趟河受不了。"连长说。

天地之间呈现淡淡的紫色。霞光在远处显露,用自身平静的光亮照耀皑皑群山。副团长在屋里整理好被褥,下炕走到屋外。山谷里空气稀薄,落雪的地方到处空荡荡的。

五年了,他仍然感觉得到她。在每个仰面躺下的夜,与他重返往日。幼儿园的午间,她等老师离开休息室后爬到他床上,陪他入睡。上小学,俩人脖子上挂着各自家中钥匙,每天中午一起走回大院食堂吃饭。初二时,她母亲病逝,随父亲回到西安生活。大学他奔赴西安,她考去北京。她父亲去学校找他谈话,说我可以把你当成自己的儿子一样看待,但你想和她在一起,不可能。彼时,她的父亲升至副军,他是个离职的师职干部的儿子。

她定下亲事那年,他回疆工作。在她婚后第六年,父亲留置,她也离职受查。同年,她与丈夫离婚,两岁的孩子判给丈夫。他再度联系她,电话里恳请她回到自己身边。

一天,他进山考核,她到师部所在的县城宾馆后给他打电话。他跑出帐篷,又飞快地折回去翻出一面镜子举着冲出来。他让她站到窗边,面向十点钟方向,他就在城外两座山之间的山坳。电话里,他问她是否越过迎宾大道的滚滚车流和车窗反光看见山坳里的闪光?她回答他看见了,她看见从他手中镜子反射而出的光。看到了全部。一个月后某天夜里,她发来信息,说很想妈妈。凌晨时,她翻出了阳台。

她走后,他一直在找一种媒介,得以再看见她、听到她。他相信她在死后仍能生存,相信她在这世界所得的记忆和感情仍会保留,她的灵魂就像他伸手触碰的物质一样坚不可摧。听师部的家属说,昌吉有一位信仰佛教的维吾尔族女人能通灵。他休假时去找过那位女人。女人在入定之后半晌沉默,回过神了告诉他,她的灵魂回避与他再见,她已无话可说。

这些年，每一个吃药和不吃药的夜晚，他都能梦见她，醒来后寡言少语。却心绪简洁，情感宁静。只有在她前两年的那一次生日，他不知为何内心如刀割，呼吸困难，看不清文件上的字。他带人开车跑到全团位置最偏的连队，发了一场疯，后悔至今。

他和师里保卫科一位清华计算机博士聊天，问他实景 VR 能不能让过世的人与活着的人再度见面。也许以后的社会，路边会建起几座小屋子，当人突然被心念所俘，可以走进这样一个地方。扫码支付，输入逝者 ID 编号，与她见一面，说出只能对这个人说出的话。博士告诉他，技术好实现，困难在于采集逝者生前的资料信息。信息汲取越多，重现时才会逼真鲜活。而这些，最好在逝者生前完成。

去年这时，和他在大院一起长大的发小在驻训地，跟另外四个战友一起跑武装五公里时患了热射病，那四个人当天就走了。发小的父亲，也是他父亲彼时的上级领导，连夜跑去北京找来空军总医院的专家，多留了孩子四十来天。他去医院看发小，碰巧发小从昏迷中醒过来，但说不出话。发小的父亲站在一边，老得一眼就能看出今生只会有这一个孩子。他走后第二天，发小陷入深度昏迷，听说最终由发小的父亲撤下了呼吸机。这些年，他不再往自己手上放烟头。他曾想过父亲彻底失望的时候，也想过自己终于一事无成。此刻最庆幸的，却是自己和父亲都健康平安，还能彼此观望。

家里冰箱的冷藏柜里，一直冻着几盒胶卷和一盘卤猪蹄。胶卷里是他父亲给爷爷拍的照片，他爷爷要求要等到他过世后再洗出来。那盘卤猪蹄，是爷爷在世时吃的最后一样菜。冷藏柜里永远放着这两样东西，正如他心里也将始终存放父亲对他的厚望。对父亲，对她的这两样情感，结结实实捆绑着他，让他尝到活着的滋味。

此刻站在阿克鲁秀达坂脚下，山风回荡在附近耸立的幽谷之间。黑褐色的岩崖上被雪水冲出一道道印子。他能看见河水泛着泡沫流过巨石,河水也回看他。岭间万物安谧。

他们牵着马爬上山坡,看见副团长站在马槽前望向这边。司务长举起筒子朝他挥了挥,从连长手里牵过缰绳折向马厩。

"回来得挺早。"副团长说。

"还可以。比想象顺利。"连长回答。

副团长把右手举到连长脸前。他拿了个鸡蛋。

"你看。"

副团长把鸡蛋递给连长。

"这怎么了?"连长接过鸡蛋看了看,上头有个小窟窿眼。

"昨晚上萨哈提把咱们带上来的物资点了一遍,什么是咱吃的,什么是给他的。结果落了一盒鸡蛋在窗台上,今早上一看,每个鸡蛋都被鸟啄了。"

"这啄的眼还挺小。"连长说。

"应该是不大的鸟,像麻雀那样的。"副团长说。

连长在马槽边坐下来。副团长的脸有些浮肿。指导员说副团长有毛病,很少睡觉。连长觉得人老觉少不算病,不找女人才是。

"副团长,我有个事请示您。"连长说。

"你说。"

"今年我家里给介绍了个对象,我们一直微信联系,从来没见面,这次上山之前她突然给我打电话,说她过来了,想见一面。现在应该在县里。我想会哨下去之后,请两天假去看看她。"

副团长坦率地叹了口气,右手搁在额头上来回搓弄。

"她从老家来找你的?"副团长问。

"是。"

"挺远的啊。"

"是。"

"你俩有感情吗?"

"还可以吧,家里亲戚介绍认识的。我跟她说,我母亲看不见了,父亲工作也一般,我又是这么个情况。她也不介意。前两天跑到我家去,给家里做了一顿饭,还录了段视频发我看。这事干得,怎么说呢,觉着挺好。"

"是挺好的。"副团长眼睛一直看着别处。那边好像有个受了伤的、蹒跚的东西试图飞走。

"他们说以前阿克鲁秀这里有个小庙,后来塌了。"副团长说。

"不可能吧?"连长说。

"我也是听人说的。"副团长说。

"小时候我们那儿有个庙,里面供的可能是三清,不知道为什么不伦不类的。"连长说,"还有一条狗,可能是哮天犬,大年初一家家户户都去,我跑过去一时好奇,看见狗舌头露在外面,我就一扳,断了。把我吓得……更绝的是后来那座庙拆了,神像被搬走了,杂物就扔在旁边一个房子里。我上大学时放假闲得没事,漫山遍野乱跑,一天不知怎么就看到那个房子,门锁了,我就把窗户开开翻进去,一下子就看到那狗,舌头还是断的,正好盯着我,把我吓得,差点尿了,再也不愿意去庙里了。"

副团长大笑起来,脸上一瞬间有了柔和的神采,表明他曾有过这样的表情。

"我们全家都是坚定的唯物主义者。"他笑着说。

"我家里的人没什么观念,看得见摸得着就行。"连长掐了根草,放在嘴唇边啃咬。

"实实在在的东西都挺好。"副团长又说。

过阿克鲁秀达坂时,副团长放开喉咙唱起军歌。司务长使劲赶着马,嘴里叼着他自己卷的烟。几个士官步伐矫健,一声不响地踏着积雪和草棵子往前走。路旁是黑黝黝的深谷。淡蓝色的天际覆盖在峰峦之上,云似一条条波浪铺开。连长的马踩过一丛驼绒藜,打了声响鼻。

昨天下午进山,连长看见晚云上有一只麻雀飞过。那么高的地方,怎么会有麻雀呢?但那肯定不是一只鹰。他心想,既然麻雀能飞到那么高的地方,那爱我的女人也能跑到这里来看我。而我也应该排除一切困难,去看看她。

垄堆与长夜

接到一周后去塔县 101 团报到的命令时,我脸都木了。估计 101 团的人听说从上头分下来一个小年轻,还是耍笔杆子的,表情也很难看。

刚到塔县那些天,想起在学校念书的日子。独来独往,背后站着仨俩抱团的人,那种滋味不好受。在这边,我打算趁早交几个共事的朋友,挤到他们中间去。

被装关系到位之前,他们给我三周时间自由活动。开头那几天,我每个下午都去塔县的集贸市场转悠。市场里房顶破裂、墙体灰暗。支起的草棚里堆积着陈灰和破草筐。烈阳下,尘柱碾过打蔫的水果、变色的生肉,停在装小饼干的纸箱里。太阳从棚顶的破洞投下不规则的昏黄光晕。河南人、山东人、四川人、陕西人、甘肃人在涂着红漆的铁门内外搬弄商品,闲时三四个人凑一起,牌打不热闹、话也难聊。有时坐着坐着就一言不发,互不瞟看,像是熬了几夜。维吾尔族的卖肉店家在门口盘腿而坐,仰头倚着墙。

塔吉克妇女头顶花帽和白色纱巾,坐在杂货摊前一长溜皮带后面。小孩在水果摊前磨蹭,盯着塑料泡沫上几个黄黑的皱皮芒果、长黑斑的香蕉。时常大风侵入，街道上明暗光影迅疾移走变幻，塔吉克商铺棚顶的花色床单翻飞。不远处的山脊游入云幢深处，雨雪降下。众人就近进屋躲避，在阴暗房间里坐着，两条老寒腿来回抖动，用唾沫濡湿嘴唇。

新群大肉店的老板常带我去塔什库尔干路入口的水产副食店，打过几把牌。只是我很快意识到使错了劲。市场不是我的工作环境，跟他们熟到把老公让给我睡也没用。于是我扔下牌，从市场辗转到了活动中心对面一家彩票站。彩票站门口支着伞，摆着四套桌椅，点一杯茶两块钱。不过喝茶的少，大都自己兜里揣着酒，蜷腿坐在地上。除了戴小帽的本地人，还有团里的、机关里的爱来这儿打个转。酒喝到热，大家说一说哪个连长又查出来心室肥大啦，军医的小孩生下来脑积水啦，谁谁谁又被老家的老婆给绿了啦。人们扎在一起，彼此剽窃消遣习惯、秃顶、心律不齐等常见的毛病。有时候，会有初来乍到的冒失鬼，把这些毛病和帕米尔的水土扯到一起。待长了，又觉得之前想得有点浅，关乎命的事，只有神知道。扯到一定时候，大家只动嘴，不出声。塔吉克酒徒循味在小桌旁或站或坐，没有表情，眼神像车轮毂盖上的白炽反光。谁兜里有烟，掏出来散一圈。大家换过瓶子接着喝。在塔县任一处，每当大家举杯互看，就知道一条牛身上剥不下两张皮。太阳晒裂众人沉闷且便宜的忧思，重新排列成鳞叶点地梅的花形。

我去犇磊鑫超市买了香干、瓜子、软面包，撕开包装，摆在桌上，有时候捎两瓶"小高原"过去。有一天，一个叫卡尔旺的老头摸了把瓜子，在咬开酒瓶盖的时候，冲我笑了。

卡尔旺有一张红灰色的瘦长脸，遍布细缝裂纹。嘴唇乌紫，下嘴角的脓疮像个弹眼。睫毛浓黑纤长，烈日下投出的影子拉至嘴角。毡帽和一身晒得发黄的旧式迷彩像长在身上。不到六十岁就被劣质烟拔光半数牙齿，挨过两三年消化不良的日子后，胃溃疡肝硬化心脏七根血管堵死三症齐下。他经常吃了晚饭，拎上两块钱的半斤装"草原王子"，跑到红其拉甫路上的移动营业厅门口等着。冬夜里，常被巡逻武警从雪里扒出来拖上车，之后搉进随便一户能敲开门的亲戚家。车里，他攀住人家大腿，伸出冻肿的猩红指头拨弄对方胡须："你这个同志嘛，怪——得很。"

卡尔旺老头每天都在，两只手抱着"小高原"，半闭着眼倒在椅子上，我问他，他的头疼不疼。卡尔旺睁开蓝色的眼睛，瘦骨嶙峋的脏手抹了把嘴唇。说他的头也疼得很，尤其是爬到山上去找羊的时候。但是呢，他爸爸和他爸爸的爸爸都在这里出生，在自己的家，头疼也不好意思说。

卡尔旺的孙女现在县寄宿小学念四年级，我刚到塔县那会儿，看见她在艺术活动中心门口的水渠边坐着晃荡双腿。我走过去时，她盯着我，和身边的小男孩窃窃私语，挤眉弄眼。

你笑什么？我问她。

她不吭声。

吃糖吗？我掏出糖盒。

他们几个相互看看，捂着嘴笑。我把糖盒抛过去，她伸手接住。

你不去上班吗？她问我。

不上。

为什么？

因为我是领导，我回答。

她腾一下站起来，小快步跑到我面前，叭地打了一个队礼。面容严肃紧张，飞快地说，领导姐姐好！您为什么不早说您是领导呢？

在四月县文化艺术活动中心举办的"'友谊之旅'塔县赴塔吉克斯坦综合文化交流汇报演出"上，卡尔旺罩着一件道班工人的马甲进了后台。节目结束时跟着演员一起上了台，扛起话筒架，边转圈圈边向台下挥手。底下那些坐在过道、墙边暖气盖子上的小青年们狂喊、拍巴掌、打呼哨。

演出开始前，卡尔旺的孙女挥着几枝玫红色塑料花跑去找我。他们不让小孩子进去，要有大人带，她嚷着，我爷爷没有票！

我牵着她跨上活动中心的台阶，往大厅走，孙女在门口被特警拦下。她是我姐姐，她仰着头对那人说。

你是哪里人？那人问她。

河南人！她叫起来。

县文工团团长的女儿唱完《友谊》，她跑上去献花。下来以后，借过我的耳朵说，我以后也要当领导。

当领导有什么好的，我说。好的呢，有好多的男朋友，还有好多的女朋友，她说。有段日子，只要碰上我，她就跑过来坐我的腿。告诉我谁谁去了新一期的《天天向上》、卫视八点档自制剧的女主角已做好逆袭的准备。

卡尔旺和他的孙女对"领导"抱有很高的期望，卡尔旺曾向我开口，希望我帮他们家办一件事，我就直说了我办不成。我自己的事都搞成这样。我不再常去彩票站，在那之后，交朋友变得难于一年级的小孩学写"犇磊鑫"。

我在外头转悠的时候，团里也在打听我。除我以外，全团唯一的女人，卫生队的女医生潘姐，请我去她的诊室吃香蕉。

她坐在那里，发愁的表情。小余，团长愁死了，安排你干啥呢？女的在这儿，干啥都不好使。也不好意思带你出去吃饭，老东西说话粗得很，你往那儿一站，他们都张不开嘴了。说完她笑起来。

你有对象了吗？她问我。

我摇头。

你是不是雷政委的女儿?

我抬脸看着她,摇头。

潘姐的脊柱松弛下来,伸出手来揉搡我的肩膀,说,不是还好一点,打算待多久调走?

我摇头,告诉她我不知道。

她的手绕到我后脑勺,拉出衣领里的辫子。你染的什么颜色?她问。

没染过,我说。

这颜色选得好,潘姐说,接近发色,不招摇。

第二天中午,我蹲在艺术活动中心门口晒太阳,团里的司机小姚过来了。他先递了根烟给我,我说不会,他就自个儿点上抽起来。我问他中午和谁攒的局,他说一会儿下喀什,四阿婆火锅,吃完去拿刘志金的骨灰。我这才知道刘志金挂了。

刘志金以前在团里,转业后回了四川老家,查出心脏有问题。做搭桥手术花光了新房首付,老婆就改嫁了。做完手术正恢复的时候,老母又殁了。今年四月他回到帕米尔,说自己满打满算还有不到三年阳寿。刘志金常在新华书店对面的商店门口台阶上坐着吸阳气,有时候和卡尔旺他们在彩票站门口喝酒。笑哈哈地问人家,嗨呀!听说汉族男的娶塔吉克姑娘,国家给五万块钱补助,是真的吗?

这边不少人都有那种偏好——四下里比对谁活得更惨。刘志金呢,通常为大家的这种偏好服务。他们还不知道他做了什么,就说他做错了。

老刘,看看你,感觉自己的日子算可以了。刘志金你太屄了哎……离婚之前睡过你老婆没有?房子给这种人你的脑子烧坏掉了吗?

刘志金就点着头冲人家乐。还好还好,谢谢谢谢。

我和卡尔旺熟的那阵子,和他也说过话,他问我怎么来的塔县、老家在哪儿、学的什么专业……我都和他说了。有一个瞬间，他眼睛发红，说我不容易，一个人做什么都难。

有一天，我捂着肚子蹲在超市门口，他过来问我怎么了。其实我就是蹲着，没任何事。

我胃疼，我说。

老毛病吗？他问。

不是，来了才疼的。

哦，我有办法，吃臭豆腐。

哪种臭豆腐？什么牌子的呢？

不是那种臭豆腐，他很得意，是把豆腐放臭再吃，吃了就好。

刘志金加了我的微信，除了转发养生帖，还专门发些诸如"这八十句话，教你如何经营一份幸福的爱情（不收藏是你的损失）""你不懂我的沉默，又怎懂我的难过"……这样的文章给我。有两天，我在超市门口没见着刘志金。两天之后，他又敞着个夹克，溜着马路牙子过来了。那几天，不知谁家的小子买了一辆崭新的枣红色北京二蛋，成天在县城兜圈子，经过人多的地方就踩油门。刘志金挨着我坐下，指着面前的马路说，再等一等，很快就开过来了，我数着这是第十二圈了。

有一回他打电话来，问我张家界好还是凤凰好。张家界我没去过，就夸了一通凤凰，说完我问他还有事没，他说没事了。那我挂了，我说。他赶快叫住我，小小的声音说，别说挂了，那样说不好。

小姚说，前几天，三连机要参谋接到他儿子学校老师的电话，说要开家长会。参谋媳妇正巧在阿联酋开会，参谋愁得很，刘志金就提出来要替参谋去给他儿子开会，开会那天，他一早动身下了喀什。

刘志金满学校找不到参谋的儿子，打电话给参谋，参谋叫他去附近网吧找找看。八月的喀什酷热难耐，他满头大汗，四处找网吧，在香烟缭绕、叫骂不绝的屋子里前后穿梭。举着手机里的照片,对照显示器前明暗交替的模糊脸孔,向被他揉着的人说不好意思。

家长会在下午六点开始,刘志金还是没找到参谋的儿子。走进教室时,他汗水扑簌、口干舌燥。脸前的讲台像漂在河上打漩,地面瓷砖则像车窗外的安居房联排闪过,他只好闭上眼睛。人们在走一段长路之前,都要平心静气地坐一小会儿,盘算下辈子一定得找准矿脉再打眼。混在一群打瞌睡的家长里,他死得没有一点动静。

刘志金过去的班长,托了喀什两个战友去把他火化了。盒子这会儿搁在喀什第二客运站的行李寄存处,等着小姚去取。

这厮没了,觉得缺个意思,妈妈的。小姚站起来,拍打了两下屁股上并不存在的土。

那天周六晚上,作训股的股长给我打电话,说红其拉甫连指导员的父亲来看儿子,明天就回老家了,他组了个饭局给他饯行,请我也过去。

股长在兴旺酒店订了一桌,全桌有我、股长、宣传股小冯、小姚、刚退役的驾驶员刘勇、县委的小王,还有刚从红其拉甫连队下来的指导员的父亲。老人从山东泰安来的,刚上了趟山去看儿子。

股长安排指导员的父亲和我挨着坐,老人谦恭而安静。我每回给他倒水,他都欠身道谢。桌上摆着牛肚焖锅、爆炒羊肝、皮芽子炒鸡蛋、毛血旺、丁丁炒面、夹沙肉、干锅土豆、两瓶白酒。

股长指着刘勇,你这个狗东西,只要让你做主,就是这几个屁菜。股长扔下点菜单,又加了一壶奶茶。人齐之后,桌上好一阵子没人说话。

股长端起了碗,说,今天,主要是为欢迎家长,也是欢送,欢送我们刘指导员的父亲。再有,这是第一次和咱们余干事吃饭,我感觉很荣幸,面子很大,能请到咱余干事。他停了一下,又接着说,我们几个老屎儿好久没见了哦，每天都忙，忙屎坏了也不知道忙啥了，第一杯都干了！

大家纷纷仰头，又落下手来。一片咂嘴叹气的声音。刘志金的盒子摆在股长旁边的窗台上，窗帘被风吹动，一下一下地揉着盒盖。

你的酒没动。股长看一眼我的杯子。

我不会喝，我说。

来了这里，没有不会喝的。

我真的不会喝。

女娃娃，可能就是喝不多。指导员的父亲说。

女的才更得喝呢，这么冷的天，喝两口才活血。小姚说。

你他妈的做过女人啊。刘勇说。

小姚做了个给他一拳的姿势。

我一喝就吐，我说。

吐了我们给你收拾。股长说。

还不光吐，我有胆囊炎。我说。

没事，至少你还有胆，我们的早就摘了。无胆英雄。股长说。

我真不会喝。我说。

股长斜着眼睛，背挺得很直，嘴边两道法令纹弯成括号。你废话太多了，我现在就教你喝，好吧？小姚，这瓶酒给你。我给你倒，我倒多少，你喝多少，喝到我们余干事把她的酒喝完为止，好不好？股长走到小姚边上，端起他的碗往里倒酒。

小姚很兴奋，咂着嘴搓着手，说，余干事，你救不救我？他拿起杯子，低头再扬头，大概到第五杯的时候，我端起了自己刚才就该喝完的酒。

这就对了，股长说。全桌人为我鼓掌。

能喝就别装，装的人，我们不喜欢。股长说。

小同志，吃点菜。指导员的父亲对我说，你老家哪里的？

河北，我说。

哦，好像也离这儿不近啊，老人说。

我们余干事大学就是搞文学的，听说那是，啊，特别有才。股长朝大家使了个眼色。

指导员的父亲赶快放下筷子，从衣兜里掏出一张纸，抖抖索索地递给我。

小同志，我写了首诗，请您帮我看看，能不能发表了，鼓励鼓励我儿子。老人说。

我接过暗黄脆薄的信纸。他们都叫我念出来听听。

父母探子感受

行程万里渐渐高
感觉气温渐渐冷
呼吸氧气渐渐少
雪峰军营渐渐近
见到儿子泪汪汪
身边很多好儿郎
高山缺氧不畏惧
甘心吃苦守边疆
军营温暖战士心
十年戍边也无悔
父母回去把心放
我们守好咱边疆

还没念完，我笑了出来。

笑了？你笑什么？股长斜下身子，伸过脸去眯着眼瞅我。

这么好的诗！刘勇说，余干事，你笑什么？说出来也让我们笑一笑吧。

我紧闭着嘴巴。股长开腔了，口气像儿童节目主持人。余干事在笑话我们吧？我们确实没有余干事聪明嘛。要不然你上学我当兵，你这么年轻就坐办公室吹空调，我们一大把年纪了还满大山地跑。他指头点着桌子。但是大家都看闲书、吹空调，正经事没人干，怎么办？是不是……谁来干活呢？

我把那页纸叠了又叠，塞进钱夹。跟老人说我会找报社的朋友，请他帮忙看看。

哎，吃菜……吃，凉了，叔叔您快吃。小姚站起身给指导员的父亲夹了一筷子肚丝。

大家装着吃饭喝酒。

他妈的。小姚对着墙角吐了口痰。你们说刘志金上辈子干了点啥，这辈子混成这样，一件好事没摊上。

小王一听有点着急，哎，说啥呢，人还在这儿坐着呢。

怎么了？小姚仰起半边脸，就是说给他听，听不见我还说啥呢。

股长刚才扒了几口蕨根粉，这会儿撂了酒杯，说，哎，我跟你们说个刘志金的事，有一天团里开会，叫刘志金来做记录，结果开会的时候，人找不见了，团长说找不着算了，马上开会，可是政委不答应，说必须找到。然后团长去厕所解手，看见刘志金在里头抽烟，就问他不去开会，在这里干什么。刘志金吓傻了，憋尿半天，说，报告团长！我在想，如果中国真和日本开战了，咱是先炮轰，还是空降。

团长什么表情？小王问。

股长说，团长就跟我现在这样，特别严肃地看着刘志金说，如果真打起来了，我肯定先一枪毙了你。

冯干事狂拍桌子大笑起来。

这屄活该被枪毙啊……刘勇吸溜着牙花子，手指头来回抹着嘴唇。

我看到了谈话中的那个豁口，一个机会。知道一旦我进去了，便是真的进去了。酒、缺氧、刘志金的话题，连同大脑里疯狂活跃的杏仁核一齐挤压我的灵感，使刘志金和过去学校里一个人的形象终于撂到了一块儿。

这人是系里一个杂务，父亲过去是学校的老职工，为了照顾这个关系，给了他一个位置。这个杂务每天晚上从不回家吃饭，都在外头找人喝。一天半夜，他从男生宿舍查完寝路过水房，我们班一个男孩在里头刷牙，他走过去，突然胳膊上去钳住那个男孩的头，把他塞到水龙头底下，拧开龙头冲他，还一边问他，你是不是男人？你到底是不是男人，说说看，是不是男人……

有一天，我半夜翻墙回来，看见他坐在宿舍门口的台阶上，两只手捂着脸。我走过去，拿手机拍了他几张照片。突然他松开了手，望着我，说你活着回来了啊，很不容易吧？他疯得差不多了，可这话打中了我的心。

说这刘志金吧，他的事我也知道一点……我起了这么一句，大家全部看向我。我说有一回，刘志金去连队查寝，喝多了，查完寝路过水房，见一男的在里头刷牙，走过去一下把人摁到水龙头底下，拧开龙头就冲人家脑袋，说哎你是不是男人，到底是不是男人？等那人反应过来，转身就把他给揍了，刘志金这才看清那他妈的是指导员啊。都这样了，刘志金还喝，喝完了坐在团部门口台阶上捂着脸哭，人家问他干吗大半夜的不回去睡，他说他老婆是蛇精，白天还是人，天黑就变蛇。

大家笑得敲盘子打碗、脸庞发亮。刘勇前翘的下颌骨贴到了脖子上。小姚踩着凳子，把我拉过去，我操，你听谁说的？

我说，你们知道刘志金坐飞机的事吗？他们瞪大了眼摇头。我点点头，说刘志金转业那年第一次坐飞机，和一个复员的小战士一块儿飞成都，到了饭点，空姐不就推着餐车来了吗？给每人发一盒饭。刘志金从空姐手里接过来那个餐盒，特别激动，捧在手里来回把玩。小战士赶快放下桌板，打开餐盒就吃。他那边开始吃了，刘志金才意识到。可是他没看见小战士的小桌板从哪儿来的，又不好意思开口问。那小战士呢，故意不吭声，埋着头一通吃。等小战士吃完了，他还端着餐盒。他就问小战士，说哎你这个小桌板从哪儿来的？小战士特无所谓地往他旁边一指，说你问他们吧。刘志金就顺他指的方向扭过头去看，他看那边的时候，小战士赶快拿起餐盒，收起小桌板，等刘志金回过头来的时候，特别惊讶，说哎你的小桌板呢？小战士说，没有呀，我就这么吃的啊，什么小桌板？

操这个废物！绝对是他妈的刘志金！他们眼角沾着笑出来的泪汁，跑过来给我敬酒，将我酒杯的杯底扶到他们的杯沿旁边，清脆地杯盏相撞。小姚为我的碗里盛上洁白的米饭。小王扶着桌子，油铮铮的脸埋进臂弯，肩膀在颤抖。

指导员的父亲给我倒上酒，说我儿子每个月给我们汇四千块钱，自己留五百。我和他妈还高兴他找了个好工作，来了一趟才知道这个情况，还不如我带着他在老家种大棚，现在草莓十四块钱一斤了，日本美国都来收，还有城里的一家子开着车来，现摘的更贵……

他说的我都听见了，可是顾不上搭他的话。

还有一次，还有一次。我兴奋极了。讲刘志金从 ATM 机子里取了一千块钱，板儿逼全新连号的，回去嘚瑟了一大圈，第二天人家说，哎，来看看你那钱，刘志金说，没舍得花，昨晚上全存回去了。

板儿——逼，嘚——瑟。小王拍着巴掌慢悠悠地念。指导员的父亲跟着他一起摇晃脑袋。

太坏了，股长凝视着手里的杯子。不能得罪写字的人啊，日你妈的，这嘴损人太厉害了，说出来跟真的一样。

不怪余姐，冯干事说着指了指盒子。

股长点了点头，说，没错，小余是个好同志，我不会看错人。

余姐，相见恨晚，啥也不说了。小姚一条胳膊搭上我的肩膀，悄没声儿地喝干了瓶底。

看看，你看看，别给我介绍了啊。刘勇自己在那抚摸肚皮。我不准备折腾，没意思。他朝小王要了张名片，心满意足地捏着一角剔牙。我推开酒杯，和他相视一笑。街上的灯桩亮了。蓝紫、玫红、鹅黄的色块间隔伫立，满树梅花形小灯晶莹璀璨。仿佛塔什库尔干真的长出了挺直的树木，人们心上开着小花。

从饭店出来，我们开车去了河边。股长抱着盒子往河滩走，打算将刘志金送上漫洄水路。下坡的时候，股长胶鞋打滑摔了一跤。他抱着盒子爬起来，给了跑过去扶他的刘勇一脚，吐着唾沫大骂，刘志金我日死你哎！老子对你那么好你还搞老子一下，太不是东西了哎你！

头顶上的暗黑云块，拖着敦巴什大尾羊肚腹长毛一般的雨带缓行。缺氧使人记忆减退。那些个倒霉鬼，被调戏的，我们唯一可称作是朋友的人，像案板上的苍蝇不会久留。

谁说前任团长在大会上讲，高原上的人啊，有三大特点，第一点，容易忘事，第二点，啧……忘了……

返程途中，刘勇开车，大家歪过头去睡了。车窗外，月亮投出一道湖蓝色的弱光,照亮大地千峦的奇巧安排。犬牙交错的石台像海里最远的岬角,亮着灯的团部像落入风暴的窄小渔船。罗布盖子河一条支流的侧坡上,今年春夏第一拨金露梅起伏盛开,色如卡尔旺家卖十块钱一罐的酥油。麻扎里,塔吉克青年墓地上的瓷质马鞍幽明发亮。明铁盖达坂下,大量的山地物质被流水侵蚀、搬运、堆积在山前地带。帕米尔上遍布垄堆,不长草木。不长草木的垄堆真孤单。